新編 男の作法

作品対照版

池波正太郎

柳下要司郎＝編

SB
サンマーク文庫

はじめに

この小冊は、私が五十余年の人生を通じて体験してきたことを、編集部の強い要望に応《こた》えて書いた……というよりは、語りおろしたものです。
まず、昭和五十五年の初夏に、編集者と、私の若い友人・佐藤隆介と共に九州・由布院《ゆふいん》の宿にこもって大半を語り終え、その後、佐藤君が筆記した原稿に手を入れ、さらに秋のフランス取材旅行で得た材料を加えて、この一冊が出来上がりました。

男というものが、どのように生きていくかという問題は、結局、その人が生きている時代そのものと切っても切れないかかわりを持っています。この本の中で私が語っていることは、かつては「男の常識」とされていたことばかりです。しかし、それは所詮《しょせん》、私の時代の常識であり、現代《いま》の男たちにはおそらく実行不可能でありましょう。時代と社会がそれほど変わってしまっているということです。

とはいえ「他山の石」ということわざもあります。男をみがくという問題を考える上で、本書はささやかながら一つのきっかけぐらいにはなろうかと思います。どうか、御愛読くださいますよう。

池波　正太郎

編者の言葉

池波正太郎先生が逝かれてから早いもので、もう十四年になろうとしています。私事になりますが、先生には生前、先輩の出版社・編集者が数多くいらっしゃる中で、何冊かのご著書を出版する機会を与えていただき、その分け隔てのないお人柄にいまなお感謝の言葉もありません。

とりわけこの『男の作法』は、先生の「はじめに」にも書いていただいているように、先生の若い友人であられた佐藤隆介さんとともに、九州・由布院《ゆふいん》の宿で何日もお話をうかがわせていただいた、編集者冥利《みょうり》に尽きる作品です。

本文中にも、何度かそれとわかる私の拙《つたな》い質問を取り上げてくださっていて、わが出版人生最大の記念すべき一冊になりました。その後、編集者としてだけでなく、雑誌や単行本の執筆活動に入ってからも、この本は私の生きる指針であり、機会あるごとに初対面の人を含め、多くの人にその感動を伝えてきました。

このたび、もっともっと多くの人に読んでいただきたいという願いから、私が最後に制作にかかわった『愛蔵新版・男の作法』を、新たな編集の元に出版することになりました。編集にあたっては、豊子夫人をはじめ、佐藤隆介さん、池波正太郎記念文庫指導員・鶴松房治さんほかご関係者のご意見もうかがい、多くの人に愛読されている池波先生の小説やエッセイの中から、本書の教えの原点になっているともいえるさまざまな場面やセリフを選りすぐり、合わせて収録させていただくことにしました。

その結果、本書の味わい深い言葉が、作品中の人物や出来事や風物と呼応し、ますます生き生きと輝いてきたように感じます。私自身、池波作品を何度も読ませていただいている愛読者であり、本書の成り立ちにいささかでもかかわらせてもらった者として、その舞台裏を含め、簡単なコメントを加えさせていただいたことをお許しください。

五月三日、先生の命日に墓前にお供えし、ご報告とお礼を申しあげられるよう、また、天上の先生からお目玉を食らうことのないよう、心を引き締めて本書の制作にあたらせていただきました。未熟な編集によって、先生の名著が汚されることだけは避けなければなりません。忌憚《きたん》のないご叱正《しっせい》をいただければ幸いです。

平成十六年四月十日

編者代表　柳下《やぎした》　要司郎《ようじろう》

新編　男の作法　作品対照版

目次

はじめに……3
編者の言葉……5

1 食べる 店構えの見方から鮨・そばの食べ方まで

食べもの屋というものは、
店構えを見ればだいたいたいわかっちゃう。……店構え……22
たいていの人はわさびを取って
お醤油で溶いちゃうだろう。あれはおかしい。……わさび……26
自分が初めて行く店の場合、一番隅のほうへ坐って、
一通り握ってくださいと言えばいいんだよ。……勘定……31
そばは、クチャクチャかんでるのはよくねえな、
二口三口でかんでのどへ入れちゃわなきゃ。……そば……36

唐辛子をかけたかったら、そばそのものの上に、
食べる前に少しずつ振っておくんだよ。……唐辛子……40
躰を使って労働したあとで東京の辛いうどんも
うまいもんだ、という気にならないといけない。……うどん……44
親の敵にでも会ったように、揚げるそばから
かぶりつくようにして食べていかなきゃ。……てんぷら……48
どういうわけか、男っていうのは、
すきやきをやりたがるんだよ、自分の流儀でね。……すきやき……51
おこうこぐらいで酒飲んでね、焼き上がりを
ゆっくりと待つとうなぎがうまい。……うなぎ……56
ぼくは若いときから教えられたからね。
先輩にも、株屋の旦那とか、吉原のお女郎なんかに。……酒……60

生意気盛りにね、くわえ楊枝して外へ出ようとして怒られたことがある。……つま楊枝……65

2 住む 家の建て方から男をみがく暮らし方まで

ぼくの家は、ドアというものは一つしかないんだ。一階便所のドアだけ。あとは全部引き戸。……引き戸……72
狭い四畳半に応接セットを買い込んでドカンと置く。どうにもならないよ（笑）。……日本間……76
なぜ日本の家屋に合った、昔からある便利な家具を活用しないのかねえ。……家具……81
もっと日本の風土に合った、景色に調和したものを考えられるはずだと思うんです。……マンション……86

「家というものは人間の性格を変えていく……」

これが怖いんだ。……一戸建て……90

こっちの蛇口でもって水でうめる間に、頭洗うとか、
顔洗うとかって両方のことやればいいんだよ。……風呂……95

おふくろも家内も気が強いほうですからね。
その上を行かなきゃどうしようもないんだよ。……留守番……98

理屈というものでは絶対、
人間の世の中は渡れないんだ。……月給袋……105

3 装う　靴・ネクタイの選び方から男の顔のつくり方まで

いまの女は、亭主が出かけるときに
靴をみがくなんて思ってもいないのかねえ。……靴……112

自分に合う基調の色というものを一つ決めれば、
あとは割合にやりやすいんだよ。……ネクタイ……117

持ちものというのは、やはり自分の職業、
年齢、服装に合ったものでないとおかしい。……アクセサリー……121

本はたくさん読んでいくうちにね、おのずから
読みかたというものが会得できるんですよ。……本……127

若い時代に、
いろんなものに首を突っ込んでおくことですよ。……絵……131

男っていうのは、そういうところに
かけなきゃ駄目なんだ、金がなくっても。……万年筆……136

毎日食べたものをつけておくだけでも、
そのときにあったことを思い出すわけですよ。……日記……140

4 つき合う　約束の仕方から男を上げる女とのつき合い方まで

5 生きる　仕事の仕方から理想の死に方まで

1

食べる

店構えの見方から鮨・そばの食べ方まで

店構え

食べもの屋というものは、店構えを見ればだいたいわかっちゃう。

このごろは、食べもの屋にも変なのがいますからねえ。頭の毛をかいてフケのついた手で鮨《すし》を握るやつもいるし、土間をほうきで掃いた手でもってすぐ握るやつもいるしさ、いろいろいるんだよ。だけどぼくが話しているのはちゃんとした鮨屋さんなりてんぷら屋さんなりのことを言っているわけでね。

——この店はよさそうだとか、この店は駄目だとか、初めての店の場合、どうやって見当をつけたらいいんですか……。

食べもの屋というものは、まあどんな店でもそうだけど、店構えを見ればだいたいわかっちゃう。いまはもう昔と違って、どこも同じような店構えになっちゃったからわかりにくくなっちゃったけれども、それでもだいたいわかりますよ。でも、こればかりは口では言えないやね。

まあ、中へ入った場合、まず便所がきれいな店じゃなかったら駄目だね。宿屋でもそうですよね。

結局、「神経の回りかた」ということでしょう。他のどんな仕事でも同じだけど、そういうところまで神経が回っていないと、出すものだって当然、神経が回ってこないですよ。

また、高い金を払ってうまいのは当たり前だと、そういうことを言うだろう。だけどね、実際そういうのはばかな話でね。高くたってまずいんだから、いまの世の中は。

だから、高いんだからうまいのは当たり前だというのは、材料そのものの高騰のことを考えるとね、当然高い金を払わなきゃうまいものは食べられないんだよ。現代の安くてうまいものというのは、その勘定の比率において、これだけの勘定にしちゃうまいということだからね。そうでしょう。


「やあ、これはこれは……よく、お目にかかりますな。さよう。この店をおぼえたら、たまったものではない。(中略)」

ここは、湯島天満宮裏門に近い［治郎八］という煮売り酒屋であった。

煮売り酒屋といっても、場所柄、小ぎれいな造りで、腰板のついた太い格子戸を開けると十坪ほどの土間で、通路をはさんだ両側が入れ込みとなっていい、ぎっしりと詰まった客が刺身や豆腐で、たのしげに酒をのんでいる。

（中略）

［治郎八］は、去年の夏ごろに店を開いたばかりだが、たちまち客がつき、女をひとりもおかず、若い者が五人ほどで店を切ってまわし、そのきびきびとはたらくさまを見ていると、一日はたらいて疲れ切った客が、

「なんだか、こっちも活気が出て来る……」

ような、おもいがするそうな。（中略）

その夜ふけに……。

煮売り酒屋［治郎八］の二階に、一本眉《まゆ》の男を、治郎八の亭主と五人の男たちが囲み、一枚の絵図面を前に、何やら、ささやき合っている。

絵図面は、大きな商家の間取り図であった。

——鬼平犯科帳13「一本眉」

◉木村忠吾の受け持つ巡回区域にある［治郎八］は、神経の行き届いた店で、いっぺんで気に入った忠吾は、巡回の後、湯島天神に詣《もう》でて、この店に立ち寄るのを楽しみにしている。忠吾は、そこで、一本眉とひそかにつけた仇名《あだな》のとおり、太い眉の持ち主と知り合う。この男、実は盗人の親分であり、［治郎八］は、盗人宿と呼ばれる、仲間同士の集合場所だった。そこで、彼らは情報交換をして、盗みの計画を立てる。

普段はそれぞれ、正業を持って何食わぬ顔で市井《しせい》に暮らしているのだから、［治郎八］とて例外ではない。周囲の信用を得るために、店構えにも、従業員の働きぶりにも気配り目配りを忘れないのである。

わさび

たいていの人はわさびを取ってお醤油で溶いちゃうだろう。あれはおかしい。

――うまく食べるために板前や料理人がそういうふうにしているものを、われわれの場合どうしたらいいのかわからないものだから、せっかくの味を駄目にしてしまうんですね。

たとえば「吉兆《きっちょう》」へ行ったとする。そうすると椀盛《わんも》りというものが出るだろう。煮ものというよりも、蓋《ふた》のついた塗りもののお椀で一見吸いもののようなんだけれどね。吸いものにしろ椀盛りにしろ、お椀のものが来たらすぐそいつは食べちまうことだね。いい料理屋の場合はもう料理人が泣いちゃうわけですよ。熱いものはすぐ食べなきゃ。

よく宴会なんかで椀盛りが出ても、蓋をしたままペチャペチャしゃべっているのがいるだろう。あるいは半分食べて、食べかけでね。それは一気に食べちゃわなきゃいけない。

——そういうことを知らないから、われわれは、来るなりすぐに蓋を取って食べたんじゃカッコ悪いんじゃなかろうかなんて考えちゃうんです……。

本当のいい料理屋あたりになると、もう本当にすぐ食べるようにして神経を使って、その吸いものの温度なり何なりを考えて出してくるわけだからね。

——最初からその場所にセットしてある突き出しみたいなのは、やっぱりすぐ食べちゃってもいいんですか……。

すぐ食べないと、あとのを持ってこられないもの。お膳《ぜん》が広ければいいけどさ。だから出された順番にすぐ食べちゃわなきゃいけない。

ともかく、名の通ったいい料理屋に行くときには何よりもまず、

「腹をすかして行く……」

ということが大事だし、それが料理屋に対しても礼儀なんだよ。

どうしても腹がすかせないで、おつき合いで行って食べられそうもないという場合は、むしろ手をつけないほうがいいんだよ。

女中に、

「あと、何が出るの？」

と、聞いてもいいんだな。で、女中が何と何ですと教えてくれるから、

「それならぼくは、あとのそれを食べるから、いまちょっとおなかいっぱいだから、これは結構です」

と言って、手をつけずに最後きれいなまま下げてもらう。そうしたら、せっかくのものが無駄にならないでしょう。だれが食べたっていいわけだから。

もう一つ覚えておくといいのは、これはいつかも話したけれども、お刺身を食べるときに、たいていの人はわさびを取ってお醤油《しょうゆ》で溶いちゃうだろう。あれはおかしい。

刺身の上にわさびをちょっと乗せて、それにお醤油をちょっとつけて食べればいいんだ。そうしないとわさびの香りが抜けちゃう。醤油も濁って新鮮でなくなるしね。

それから刺身にはつまとして穂じそなんてのがついてくる、それもみんなしごいて醤油の中に入れちゃうだろ。あれもやっぱり香りがなくなっちゃうんだよ。

あれは刺身の合いの手に手でつまんで口に入れるから香りがいいわけ。それでこそ薬味になる。

（つまりは、人間《ひと》というもの、生きて行くにもっとも大事のことは……たとえば、今朝の飯のうまさはどうだったとか、今日はひとつ、なんとか暇を見つけて、半刻《はんとき》か一刻《いっとき》を、ぶらりとおのれの好きな場所へ出かけ、好きな食物《もの》でも食べ、ぼんやりと酒など酌みながら……さて、今日の夕餉《ゆうげ》には何を食おうかなどと、そのようなことを考え、夜は一合の寝酒をのんびりとのみ、疲れた躰《からだ》を床に伸ばして、無心にねむりこける。このことにつきるな）

――鬼平犯科帳7「寒月六間堀」

◉鬼平は、若いときからいろいろな経験をしているので、四十歳を過ぎると、そろそろ人生を達観しはじめている。これは、人の二倍も三倍もの濃さで生きてきたような気がしている鬼平のある日の述懐である。一刻はおよそ二時間だが、江戸時代の時間の計り方は、夜明けから日暮れ、日暮れから夜明けを均等に分けたので、季節によって一刻の長さも変化した。電気がなかった時代にふさわしい合理性といえよう。

鬼平にこう言わしめているということは、著者にも同じ感慨があるということになろう。

事実、著者は食べることが大好きな人だった。私なども、たとえば鮎《あゆ》の塩焼きは、箸《はし》で背中の部分をぐっと押して、身と骨をはがしておいて、あとは手に持ってむしゃむしゃ食べるのがもっともおいしいなど、他の人がやらないようなことをいろいろと教えていただいた。

それは、おいしいものを食べることが人生最大の喜びであることを、著者がだれよりもよく知っていたからだと思う。

自分が初めて行く店の場合、一番隅のほうへ坐って、一通り握ってくださいと言えばいいんだよ。……………勘定

――鮨屋というのは、高い店へ入ったらいったいいくら取られるかわからないから、初めてのところは怖いでしょう……。

そういうときは、ちょっと入り口のガラス戸から中を見てね、椅子とテーブルがあれば安心なんだよ。たとえば銀座のKなんか高い鮨屋で、ここは椅子とテーブルがないわけだ。こういうところで、お好みを食べるということになれば当然、勘定は高いものと覚悟してなきゃいけない。

けれども、ひょいとガラス戸から見て椅子とテーブルがあれば、そのテーブルの前に坐《すわ》っちゃえば、皿で運ぶよりしようがないわけだから、皿で運ぶために椅子とテーブルはあるんだからね、だから何でもないんだよ。

そこへ坐って、

「一人前頼む」

こう言えばいいんだ。あるいは、

「上等を一人前」

とかね。

だから、並、上、特上なんて書いてある店だったらなおさらいいわけ。そんなの書いてなくてもね、一人前頼みますと言えば板前が、同じネタで握ってくれるわけですよ。ただし、これは注文が出来ないわけだよ、あれこれ好きなものを。向こうの裁量に任せるよりしようがないけど、一通り、まず八つぐらい握って、それを一人前として持ってきてくれるわけだよ。

そうすれば、いくら高くたってたかが知れてるんだよ。二千五百円以上なんていうのはあり得ない。二千五百円なんていうのは最高ですよ。銀座に、たとえばNという鮨屋がある。これはやっぱり高い店だよね。でも、テーブルと椅子があるんだよ。だから、そこへ坐ればもう「一人前」と言えば二千円か二千五百円で済むんだよ。

酒が飲みたければ、

「お酒一本に、ちょっとおつまみをください」

と言って、

「そのあとで一人前ください」

と言えば、おつまみだって適当に見計らって、たとえば千五百円程度のものもちゃんとつくってくれるから、もう安心なんだよ。また、そういうお客を鮨屋はむしろ、よくしてくれます。

初めての店の場合は、テーブルに坐って、一人前お願いしますと言って下手《したて》に出たほうが喜ぶ。名前の通ったところはたいてい常連がいるからね、だから常連の坐る席へいきなり坐っちゃうということは、ちょっとそれはね……。

「お金を払っているんだから、どこへ坐ってもいいじゃないか」

なんて言う人がいるけれども、自分が初めて行く店の場合は、常連がいつ来るかわからないんだから。それに対して自分は常連じゃない。やっぱり一番隅のほうへまず坐ったほうがいいんだよ。そして、一通り握ってくださいと言えばいいわけだよ。

こういうふうにすれば、どこの鮨屋へ行っても決していやな顔をされない。てんぷら屋だってどこだって、初めてのときはそれで行くことですよ。板前の常連のところになんか坐らないで、隅のテーブルのほうへ坐る。

そうすると、

「旦那《だんな》、こっちへおいでください」

と、言うときがあるよ。そうしたら向こうへ行く。こういうふうにすれば、

(この人は初めてだけど礼儀正しい……)

と、喜んで、よくしてくれますよ。

それでうまかったら、また行く。三回ぐらい行けばもう向こうだって、

「いらっしゃいまし。きょうはこういうのが入っていますから……」

なんて言ってくれるようになるわけだ。

春もたけなわの夕暮れの銀座を歩いていて、急に鯛《たい》の刺身が食べたくなった。

そのとき、私の財布は、まことに軽かったが、有名な料理屋へ入り、土間のテーブルに坐って、先《ま》ず鯛の刺身と蛤《はまぐり》の吸いものを注文し、酒を二本のんだ。料理の注文は、それだけだ。

そのとき、鯛の刺身を半分残しておき、それで飯を一ぜん食べ、

「ああ、うまかった」

おもわずいったら、板前が、さもうれしげに、にっこりうなずいてくれたものである。

以前は鮨屋にかぎらず、こうした店がいくらもあった。

なればこそ私なども、ふところがさびしいときも物怖《ものお》じせず、どんな店へも入って行けた。

——日曜日の万年筆「鮨」

◉鮨やてんぷらは、値段が明記していないことが多いから、物怖じしてしまって、入れないことがよくあるものだ。著者は体験から「大丈夫」と励ましてくれる

ので説得力がある。店の客あしらいのよし悪しもそれで量ることができるだろう。

……………………そば
そばは、クチャクチャかんでるのはよくねえな、二口三口でかんでのどへ入れちゃわなきゃ。

「盛りそばで酒を飲むのはいい……」というようなことを通ぶった人がよく言うでしょう。だけど実際に、通じゃなくてもいいものなんだよ。だから、そばで酒を飲んでもちっともキザじゃないんだよ。ぼくも好きですよ。

――そばというのはやっぱり「本場」というのがあって、そこへ行って食べなきゃ駄目なんですか……。

そばというのはみんな各地によって違う。田舎《いなか》そばと東京のそばは違うわけだよ。田舎そばって、うどん粉をあまり入れないで真っ黒いそばを手で打って、手で切って、パラパラになったようなそばもまたそれでいいわけなんだ。東京のそばのように細くて、ずうっとスマートにつくってあるそばも、それはそれでいいわけなんだよ。

だから、何がいいと決めないで、その土地土地によってみんなそれぞれ特徴があるんだから、それを素直に味わえばいいんですよ。どこそこの何というそばでなければ、そばじゃないなんて決めつけるのが一番つまらないことだと思う。

ただ、そばを口の中に入れてクチャクチャかんでるのはよくねえな、東京のそばでね。かむのはいいけど、クチャクチャクチャかまないでさ、二口三口でかんで、それでのどへ入れちゃわなきゃ。クチャクチャかんでたら、事実うまくねえんだよ。

――やっぱり、そばの真骨頂というのは、他に何かいろいろと上にのっけたりしないで、盛りそばが一番とよく言いますが……。

まあ、それはそうですね。だけど、それでなきゃいけないとか、それ以外は駄目だなんて言うことはない。

——そば屋がお茶を出すのはおかしいということですが、どうなんでしょうか……。

そば屋がお茶を出したって、おかしいということはないけど、そば屋はそば湯を出すものと決まっているからね。だけどいまはもう昔と違って、いろんなものがまざり合っている時代だから、お茶を出すところもあると思うんだよ。それをおかしいとか、そういうそば屋はたいしたそば屋じゃないと言ってみても始まらないでしょう。そば湯を出すのが本来ではあるけどね。

此処《ここ》は、本郷五丁目の蕎麦《そば》屋［瓢簞屋《ひょうたんや》］の支店で、本店は麴町《こうじまち》四丁目にある。

「さ、おあがり」

「はい。では頂戴《ちょうだい》いたします」

伊太郎は、貝柱を浮かせた蕎麦を、箸《はし》さばきもあざやかに手繰り、小兵衛の酌《しゃく》で酒をのみ、

「あ、よい酒ですなあ」
「この店を知らなかったかえ?」

——剣客商売「暗夜襲撃」

◉平松多四郎は、寺子屋で教えながら、金貸しもやっている男だ。『剣客商売』の主人公・秋山小兵衛もかつて、彼から金を借りたことがある。小兵衛は、その多四郎の家に気になる男が出入りしていることを知って、久しぶりに訪ねてみたのである。

旧交を温めての帰りに、帰ってきた多四郎の息子に会った小兵衛は、懐かしさのあまり声をかけ、そば屋に誘う。そばとは、たぐって食べる食べものだということを再認識させられる場面である。

唐辛子をかけたかったら、そばそのものの上に、食べる前に少しずつ振っておくんだよ。

唐辛子

そばのつゆにしても、ちょっと先だけつけてスーッとやるのが本当だと言うけど、これだって一概には言えないんだ。つゆが薄い場合はどっぷりつけていいんだよ。

ちょっとつけるというのは、どっぷりつけたら辛くて食べられないからちょっとつける。たとえば東京の「藪《やぶ》」のそばなんかは、おつゆが濃いわけだから、全部つけられないわけだよ。だから先にちょっとつけてスーッと吸い込むと、口の中でまざり合ってちょうどよくなるわけ。

普通のわれわれが住んでいる町のそば屋に行って食べると、そばつゆが薄いでしょう。あれだったら全部つけていいんだよ。あるいは田舎で食べるそばは、たいていみんな、おつゆが薄いんだから、あれまで先にちょっとつけて食べることはないんだよ。

そういうことを言うのは江戸っ子の半可通と言ってね、ばかなんだよ。冗談言っちゃいけない、本当の東京の人は辛いからつけないんだ、無理してつけないんじゃなくて。東京のそばのおつゆはわざと辛くしてあるわけだ。先へつけて口の中でまざり合ってちょうどいいように辛くしてある。だから、こうやって見ておつゆが薄ければ、どっぷりつけちゃえばいいんですよ。

舌なら舌へ、ちょいと乗せてみて、これなら全部つけたほうがいいと思ったら、そうすればいい。中につけて、ひっかき回して食う人がいるけど、あれはどうもね……。

それでね。そばというのは本当にそのそばがうまければ、何も薬味というのはいらないんだけれども、唐辛子をかけるときでも、だいたい唐辛子というものはおつゆの中に入れちゃう。あれはおかしい。

唐辛子をかけたかったら、そばそのものの上に、食べる前に少しずつ振っておくんだよ。それでなかったらもう、唐辛子の香りなんか消えちゃうじゃないか。そうでしょう。

鍋《なべ》の出汁が煮えてくると、梅安は大根の千六本を手づかみで入れ、浅蜊《あさり》も入れた。刻んだ大根は、すぐさま煮えあがる。それを浅蜊とともに引きあげて小皿へとり、七色蕃椒《なないろとうがらし》を振って、二人とも、汁といっしょにふうふういいながら口へはこんだ。

「うめえね、梅安さん」

「冬が来ると、こいつ、いいものだよ」

酒は茶わんで飲む。

「ときに彦さん……」

「え？」

「今度の仕掛けは、どういう……？」

——仕掛人・藤枝梅安「梅安晦日蕎麦」

◉梅安が唯一信頼している彦次郎に新たな仕掛けの依頼が来た。いかにも強そうな浪人だという。一方、梅安は、ある寺の下僕らしい男に往診を頼まれる。しかし、全身打ち身の傷だらけでやせ衰えたその娘の治療をしたことで、梅安は意外な真相を知った。彦次郎の仕掛ける相手は、実は、旗本である主人に手込めにされた娘を助けた男だったのである。悪いのは殺しを頼んだ殿様のほうだったわけだ。いわば、元締めに騙《だま》されたわけだが、いったん引き受けたものを断ったら彦次郎の命はない。梅安は、彦次郎に協力して、この元締めと殿様をなきものにする準備を始めるのだった。

著者がその使い方を伝授している唐辛子は、一六二五年（寛永二年）、初代からしや徳右衛門が、江戸の薬研堀《やげんぼり》で売り出したのが最初だ。薬研とは薬をすりつぶす道具であり、医者や薬問屋が集まっていたことからこの地名がついた。七味唐辛子は、薬を食用にできないかと考案され、風邪の予防薬として使われた。とくにそばにぴったりだったことで庶民に喜ばれたという。

躰を使って労働したあとで東京の辛いうどんもうまいもんだ、という気にならないといけない。

……………………うどん

大阪のほうの人がよく書いているじゃない。

「東京のうどんなんか食えない……」

って。

ああいうのがばかの骨頂というんですよ。なんにも知らないんですよ。確かに東京のうどんは、ぼくらでもまずいんですよ。おつゆが辛いんだから。うどんはやっぱり上方《かみがた》の薄味のおつゆのほうが、ぼくらでもうまいんですよ。だけどそれは、それぞれの土地の風土、あるいは生活によって、みんな違うわけだからね。やたらに東京のうどんをこきおろす大阪の人は、本当の大阪の人じゃないんだよね。

たいていお父さんが播州赤穂《ばんしゆうあこう》だとか備前《びぜん》岡山なんだよ。そういうところから大阪に来て、自分は浪花《なにわ》っ子になったつもりでやるんだよ、東京の何はよくない、大阪のほうがずっといいとかね。

本当の大阪の人は決してそういうことを言いませんよ。また、東京の人も、本当の東京の人だったら決して他国の食いものの悪口というのは言わない。一番いけない、下劣なことだからね。

京都だってね、昔の東京で食べさせた料理と同じような濃い味つけの料理屋があるんだからね、昔からある料理屋で。西陣という織物があるでしょう。その旦那衆が行く料理屋は味が濃いんですよ。そういうこと、知らないでしょう。そういう人たちは。

上方料理でも味が濃いのがあるんですよ。なぜだかわかる？　西陣あたりにそういう味の濃い料理屋があるというのはね、西陣の織物問屋の旦那なんていうのは働きが激しいんですよ。商売の用であっちへ行ったりこっちへ行ったり、頭も使い、躰《からだ》も使って一日激しく働くんです。そういう人たちは、いくら上方の人でも当然、生理的な要求から濃い味つけのほうがいいんですよ。

だから、東京の味が濃いというのは、東京というのは忙しい都会だからね、江戸時代から。現に、君のような信州飯田出身の天才だって東京へ戻れば、飯も食べるひまないぐらいに電話にかじりついているわけでしょう。こういう人はやっぱり、お湯みたいなおつゆを飲んだって何かピンと来ない。そうじゃない？

本当の浪花っ子でない、外から入ってきた人がかえって浪花っ子ぶるのと同じでね、池田大作がしきりに対談や座談会なんかで、

「私は江戸っ子ですから……」

と、言うだろう。本当から言えば大森海岸の江戸っ子なんてありゃしない。だから、ああいうのを、

「場違い」

と言うんですよ。

何も江戸っ子だとか東京っ子だとか、そんなことを自慢することはないんだからね。どっちかと言えば、躰を使って労働したあとで東京の辛いうどんもうまいもんだ、という気にならないといけないんですよ。実際、そうなんだから、こっちの生理状態によってね。

日は傾いていたし、かなり歩きもした。腹も空《す》いてきたし、こうしたときに海福寺門前へさしかかったので、どうしても忠吾、素通りはできない。というのも、門前の豊島屋《としま》という茶店で出している一本饂飩《いっぽんうどん》が、忠吾の大好物なのだ。その名のごとく、五寸四方の蒸籠《せいろう》ふうの入れ物へ親指ほどの太さの一本うどんがとぐろを巻いて盛られたやつを、柚子《ゆず》や擂胡麻《すりごま》、葱《ねぎ》などの薬味をあしらった濃目《こいめ》の汁《つゆ》で食べるのである。

――鬼平犯科帳11「男色一本饂飩」

◉火盗改方の仕事は激務だ。徒歩以外に移動手段をもたない彼らが、見回りのために歩く距離は現代では想像もつかないぐらいだったにちがいない。だから、江戸風の濃い汁をうまく感じたのだろう。忠吾は、この店で、彼に魅せられた男色趣味の泥棒の親分にかどわかされ閉じ込められてしまうのだが、鬼平はこの店を唯一の頼りにして犯人に近づくのだ。

――本文中、信州飯田出身の天才と、ちょっとからかい気味に持ち上げていただいているのが、そのとき同席していた編者である。もちろんまったく天才なんかではないが、当時確かに田舎から東京に出て毎日電話にかじりつく日々を送っていた。讃岐《さぬき》うどん、大阪うどんなど薄味のうどんも好きだが、著者ご指摘のように、濃いめの汁で食べる鴨南《かもなん》うどんなど、疲れたあとのスタミナ回復も兼ねていて、思っただけで口中につばが湧《わ》いてくる。それにしても、編者がこの本にかかわった証しとなる一節で、光栄の至りと言うしかない。

親の敵にでも会ったように、揚げるそばからかぶりつくようにして食べていかなきゃ。

……………………てんぷら

鮨の場合はそれほどでもないけど、てんぷらの場合はそれこそ、「揚げるそばから食べる……」のでなかったら、てんぷら屋なんかに行かないほうがいい。そうでないと職人が困っちゃうんだよ。

だから、てんぷら屋に行くときは腹をすかして行って、親の敵にでも会ったように揚げるそばからかぶりつくようにして食べていかなきゃ、てんぷら屋のおやじは喜ばないんだよ。

よく、てんぷらの揚がっているのを前に置いて、しゃべっているのがいるじゃないの。そういうのはもう、一所懸命、自分が揚げているのに何だというので、がっかりするんですよ。

こういう客だとね、油の加減というのは、待っていなきゃならないですからね、やりにくいわけだよ。てんぷらというのは、材料が新鮮であることと、油の加減、これが大事なわけだからね。待っていれば同じ火力にしておいてもどんどん油の温度が上がり過ぎちゃう。それをまた調節しなきゃならないわけでしょう、ちゃんとしたてんぷら屋なら。いちいち調節して、また適当なところにするというのはなかなかむずかしいんですよ。

だから、てんぷら屋に行ったときは、とにかく出るそばから食べる。酒は少ししか飲めないよ。また、たくさん飲むとてんぷらの味が、酒のいろいろなほうにあれされて、駄目になってしまう。

てんぷら屋だったら、まあ、酒は二本までが限度だね。てんぷら屋に行ってビールをがぶがぶ飲んだり、ことにウイスキーをがぶがぶ飲んだりしてたらもう肝心のてんぷらの味が落ちちゃってね。

それから鮨屋でもやっぱり、二本が限度ですよ。そんなに飲むところじゃないんだからね、てんぷら屋も鮨屋も。だから、そういうところをちゃんとしてやると、てんぷら屋のおやじ、鮨屋のおやじは喜ぶわけですよ。

天麩羅《てんぷら》が庶民のものとなったのは、江戸も末期のころで、当時は車海老などを揚げたわけではなく、魚や貝類を揚げ、屋台などで食べさせることが多かったらしい。(中略)あるじと差し向いのかたちで天麩羅を食べるときは、その日の第一食をほとんど食べぬくらいにしておく。(中略)揚げた天麩羅は、二分か三分で味が変ってしまう。

——日曜日の万年筆「天麩羅」

◉著者に言わせれば、てんぷらは大人の味であって、大人になってから食べるものらしい。子どものころはさしておいしいと思わなかったのが、初めて自分の給料で食べたときにおいしいと思ったという。

どういうわけか、男っていうのは、すきやきをやりたがるんだよ、自分の流儀でね。

……………………すきやき

すきやきというのは、上方式にお砂糖とお醤油で、まず肉を煮て、あとで野菜を入れて煮るというやりかたと、東京のようにある程度、肉も野菜も一緒に入れて割下《わりした》といってすでに調合してあるだしを鍋に入れて煮て食べるというやりかたとか、いろいろあるわけですよ。

これもやっぱりその土地それぞれのやりかたで、うまいと思って食べればいいんだけど、ぼくが家でやる場合は肉による。いい肉、あんまりよくない肉、高い肉、安い肉、肉によってやりかたが違うはずなんだな。

ぼくが家でやる場合は、いい肉を使ってやるときは割下をつくるわけです。かつおぶしと醤油とみりんで、砂糖を使わないで。そんなに濃くしない。

それを少し鍋に入れて、それがパーッと沸騰してきたら肉を入れて、ちょっと一呼吸して一度裏返しにして、煮過ぎちゃったらもう駄目だからね、さっと火が通ったかどうかぐらいの感じで食べるんだよ。

はじめは何も入れない、肉だけ。割下が煮立ってなくなったら、また注《つ》ぎ足して、ほとんど肉を動かさないように自分で取って裏返すくらいにしてパッと食べれば、割下も濁らないわけです。そして肉だって本当にうまいわけ。

そのうちにだんだん肉のエキスが鍋にまじってくる。また注ぎ足して、具合がよくなってきたら野菜を入れるんだけれども、ぼくは野菜はねぎだけです。

それで割下が煮つまってくれば、ねぎと肉を最後はちょっと入れて、ちょっと濃いめにして、ごはんを食べるようにするとかしますけどね。

結局、肉のうま味ということを考えれば、こういうやりかたがいいとぼくは思うね。だけど、安い肉の場合は一緒に煮立てちゃったほうがいいと思うね、濃い割下でね。

肉とねぎ以外は、ぼくは入れない。というのは、しらたきなんか入れると水が出ちゃうから狂っちゃうんだよ、割下の加減が。豆腐だってそうとう水が出るし、それはねぎだって水分があるわけだが、まあ、ねぎだったら合うから。ねぎは斜めに切らないでブツ切りにする、いいねぎだったら。そして鍋の中に縦に並べるわけよ。そうすると、ねぎというのは巻いてるから、その隙間《すきま》から熱が上がってきて、やわらかくなるしね。だから、ねぎはあんまり長く切らないわけだ。立てて食べやすいようにね。横に寝かせたらなかなか火が通らないよ、ねぎというのは。

うんといい肉を薄切りにして、こういうふうにやるのがまあ、一番贅沢《ぜいたく》なすきやきじゃないかな。

それで、出来れば一つの割下が煮立ってきたところで肉を四、五枚食べたら、それをパーッと捨てちゃうのがいいんだよ。それで、水なりお湯なりでちょっと鍋をすすいで、また新しい割下でやれば一番贅沢なんだよ。

まあ、ぼくはそう言いましたけどね、一つには鍋が焦げつくぐらいに甘辛く煮て食うのも、これはこれでいいものなんですよ、しらたきや豆腐を入れてね。いろいろなやりかたがあって、それぞれいいものなんだよ。ぼくが言ったのを、これでなきゃすきやきじゃないとかなんとか言わないでさ。

ただ、たまにはうんといい肉で、そういうことをやってみないと、本当のすきやきのおいしさとか肉のうま味というのが味わえない。いつもいつもゴッタ煮みたいなのをしてたらね。

昔から有名なHという肉屋が大阪にあるんですよ。昔はうまかった。この間、行ってね、女中がやってくれるんだけどやりかたがまずいんだよ。肉屋だから肉はいいんだ。だけど煮かたがまずいんだよ。結局みんな一緒に入れちゃって、やたらにかき回すようなありさまでね。あれだったら、それこそ女中はいらないと言って、こっちでやったほうがよかった。

どういうわけか、男っていうのは、すきやきをやりたがるんだよ。それぞれ自分の流儀でね。だけど、ぼくがいま話した方法が一番、だれにでも出来るんだよ。


むかしの東京の下町の子供たちは、一日も早く大人になりたくて、何事につけ、大人のまねをしようとしたものだ。

それは先《ま》ず、食べものからはじまる。

大人がやっている牛肉のすき焼きなどは、

「おれたちもやろう」

というので、二銭、三銭の小遣をため、鍋だの調味料は、それぞれが家から運び出してきて、空地の草原で焚火《たきび》を起し、すき焼きをしたりしたものだ。


——日曜日の万年筆「食について」

◉子どもが大人に憧《あこが》れる時代は、おそらく「いい時代」なのだろう。それは貧しさなど無関係なものだ。こうした、子ども時代の体験が、鍋奉行志願の男をつくりあげるのかもしれない。

おこうこぐらいで酒飲んでね、焼き上がりをゆっくりと待つとうなぎがうまい。

……………………うなぎ

うなぎはね、このごろ、昔から知られている一流のうなぎ屋へ行くと、会席料理みたいにまず、突き出しが出る、刺身が出る、それこそ椀盛りも出てくるということでね、そのあとでうなぎが出るわけだよ。だからね、もう、うなぎがまずくなっちゃうんだよ、おなかがいっぱいになっちゃっているから。これは本当じゃない、うなぎの味わいかたとしては。

うなぎというのは脂があって、しつこいものでしょう。だから、あれを本当にうまく食うためには、それなりにこっちの状態をね……。

ぼくなんかをよく連れてってくれた人たち、おこうこも食べさせてくれなかったよ。まあ、だけど、おこうこぐらいで酒飲んでね、焼き上がりをゆっくりと待つのがうまいわけですよ、うなぎが。

そこへ刺身が来たり椀盛りが来たりして、それを食べてからなんて言ったら、いいかげんうなぎに対する味がうんざりしてくる。だけどこのごろは、ちゃんとした座敷で食べるとみんなそうだよ。

昔は、うなぎの肝《きも》と白焼きぐらいしかないですよ、出すものは。東京のうなぎ屋はね。その代わり、やっぱりおこうこはうまく漬けてあるからね、まず、おこうこをもらって、それで飲んで、その程度にしておかないと、うなぎがまずくなっちゃう。

ぼくを連れてってくれた人なんか、小さな株屋さんの主人《たいしょう》だったけど、おこうこも食べさせなかったね。

「まだ何も食っちゃいけないよ。おこうこも駄目だよ」

と、言われたもんですよ。

「それじゃあ、何を食ったらいいんです……」

と言ったら、

「酒飲んで待ってなきゃ駄目だよ」

ここは、神田明神に近い湯島横町にある鰻屋《うなぎや》［森川］の二階座敷である。

近年になって、江戸市中に鰻屋の店が増えた。

つい、十五、六年ほど前までは深川や本所などの場末にしかなかった鰻屋が、いまや一つの流行となって増えつつある。

それも、むかしのような屋台店ではなく、小ぎれいな座敷もあり、調理の仕方も蒸して脂をぬき、やわらかい上品な味を出すようになって、身分の高い武家が頭巾《ずきん》に顔を隠し、微行《びこう》で食べに来るようになった。（中略）

そこへ、女中が焼きたての鰻を運んで来た。

「よい匂《にお》いでございますなあ」

長次郎の小鼻が、ひくひくうごいたのは、鰻が大好物だからだ。

——乳房「倉ヶ野の旦那」

◉長次郎は「阿呆鴉《あほうがらす》」と呼ばれる女衒《ぜげん》だ。しかし、彼はそれを、不幸な女が生きる意欲を取り戻すための第一歩を歩み出す手伝いをしているのだと信じている。だから決してあくどいまねをせず、その行為には善意があふれている。

その長次郎があるとき、一人の女の危難を救う。自分を口汚くののしって姿を消した男に一年ぶりで遭遇したその女・お松は、男を殺して逃げたのだが、逃げ場を求めてさまようちに暴漢に襲われたのである。この場面は、長次郎が、この女を顧客に世話しようとして、いわば営業活動をしているところだ。中略の場面の長さで、うなぎが焼かれて供されるまでの時間がわかるという寸法だ。

なお、著者は、『乳房』を、「鬼平犯科帳番外編」として描いているので鬼平が登場するが、その鬼平に、「男にはない乳房が女を強くするのだ」と語らせている。こうした箇所は、著者の作品の随所に出てくるのである。それらを読むと、本書「アダムとイヴ以来、……」（二〇三ページ）は、著者の実感そのものなのだろう。

ぼくは若いときから教えられたからね。先輩にも、株屋の旦那とか、吉原のお女郎なんかに。……………酒

ついでに酒の飲みかたを言っておくけどね、これはぼくは若いときから教えられたからね。先輩にも、他の店の株屋のいろんな可愛がってくれた旦那とか、そういう人に。それから吉原のお女郎なんかに教わった。

ぼくが吉原に初めて行ったのは十六のときですからね。前に話したはとこが連れてってくれた。正太郎にはこういう女がいいからと、ちゃんと研究してあれするわけだよ。

「頼むよ……」

ということで。

初めてぼくが童貞をあれするわけだから、女は喜んで大変ですよ。吉原の場合は、同じ店では違う女とは……決めたらもうその女以外はいけないわけだ。あっちもこっちも手を出せないんだよ。しきたりだから。吉原のちゃんとした店だったらね。

だから結局、その店へ行く限りは、変わらないわけだよ。そして十六、七のときから自分が面倒を見ているわけだから悪いようにはしませんよ。病気なんか移さないわけだ。

はじめの一年ぐらいは泊まらせないからね。

「家へお帰んなさい……」

と、言うからね。

「お母さんが心配するから、家へお帰んなさい」

ってね。

だから考えてみりゃおふくろだって安心なわけですよね、変なところで変なことするよりは。当然、向こうが年上でしょう。こっちが十六、七ぐらいで、向こうは二十五、六ぐらいですよ。いまの二十五、六と違って、本当に大人だからねえ。

自分がこの人を男にしたという誇りみたいのもあるから、酒の飲みかたからいろいろ注意してくれるんだよ。

「あしたは土曜日だけど、あなた、どちらへいらっしゃるの……」

と言うから、友だちとちょっと宴会があるんだと言うと、

「たくさんおすごしになるんだったら、行く前に盛りそばの一杯もあがっていらっしゃい」

とか、あるいは、

「右の肋骨《あばら》の下が肝臓ですから、これを押したり離したりしながら飲むといいのよ……」

と、教えてくれる。

いまは洋服だからこんなことをやってるとみんな見られちゃうから、他のお客

に失礼でしょう。昔は和服だからね、ふところ手をして押してればわかんないわけだよ。左手で飲むぐらいなものでさ。

「いつ左ききになったの？」

なんて、よく言われたものだけどさ。

押しながらこう飲んでいれば、飲むそばから肝臓のはれが引いていっちゃうわけだから、ある程度飲んでも平気なんだよ。グーッと押して痛かったら肝臓が悪いわけだ。

洋服でそういうことが出来ない場合だったら、たとえば六時からどこかへ行って飲まなきゃならないという場合は、行く電車の中でもこうして肝臓をやわらかくしておくと違うわけ。グダグダになって酔っぱらってもいいような、気心の知れた会ならいいけどさ、たくさん飲んでしかもちゃんとしていなきゃならないようなときはね。

むかしから、私は前後不覚に酔いつぶれてしまったことがない。いや、たった一度あるが、そのはなしは後にのべる。芝居の仕事をしていたころ、一夜に一升のんでいたこともあったが、「あんたが、酔って、前後不覚になったところを、ぜひ見たいものですね」などと、新国劇の島田正吾にいわれて、ある夜、二人して三升のんだことがあったが、大丈夫だった。翌日は二人とも、それぞれの仕事を平気でやった。

——夜明けのブランデー「酒」

◉著者は、悩み事を抱えていたり、屈託していたりするときは決して飲まないことを不文律にしている。彼にとって、酒の真髄は、愉快に飲むの一事に尽きるからだ。

生意気盛りにね、くわえ楊枝して外へ出ようとして怒られたことがある。

……………つま楊枝

ぼくらの若いころは、大人の人たちが方々へ連れてってはいろいろ教えてくれたからね。いまはあまりそういうことがないんじゃないの。それだけ世の中に余裕がないんだね。

銀座の裏のほうにSという昼間からぶっ通しでやっている鮨屋があるんです。ぼくは映画の試写を観《み》て、家へ早く帰らなきゃならないから、そういうときによく行くんだが……古い店なんですよ、ぼくが株屋のころから行ってたんだけど、そこのおじいちゃんがこの間亡くなったんだけどね、まあ八十ぐらいだったけど、威勢のいいころから行っていたのよ。

それでこっちは生意気盛りだからね、くわえ楊枝《ようじ》して外へ出ようとして、怒られたことがある。まあ怒られたというよりも、

「若いうちにそんな恰好《かっこう》しちゃいけませんよ。くわえ楊枝は、見っともないから、

およしなさい」

と、注意された。

昔は大人が厳しいからね。だけど、その厳しさはやっぱり一つの愛情でしょう。ぼくのことを憎ければ、そんなことは言わないんですよ。あいつはばかだとか、あいつは勝手にやってればいいんだということだけど、ぼくのことを憎いと思わないから注意するわけなんだね。

人間というのは自分のことがわからないんだよ、あんまり。そのかわり他人《ひと》のことはわかるんですよ、第三者の眼《め》から見ているから。だから、

「君、こうしたらいいんじゃないか……」

とか、

「君、あれはよくないぜ……」

とか、言うだろう。

それは傍《はた》から見るとわかるんだよ。

だけどそのときに、

「何だ、お前にそんなことを言う資格があるか、お前だってこうじゃないか……」

と言ったらおしまいなんだよ。だから、言ってくれたときは、

（なるほど、そうかもしれない……）

というふうに思わないとね。ぼくなんかもなかなか出来ないことだけどね。

お前だって何だ、そんなこと言う資格があるのかって言われたら、ぼくなんかも書いたり、しゃべっていてこれが本になるようなことはとても言えないわけですよ。だけどぼくは、自分のこと以外のことはわりあいよく眼に見えるから言うわけだからね。

食べもの屋のおやじが、たとえ若いとはいってもこっちが客でしょう、その客に対して何か偉そうに注意してけしからんと、腹を立てる人が多いかもしれない。だけど、何度も言うように、

「人間は自分のことはわからない……」

ものなんだ。だから、他人が言ってくれたことはやっぱり素直に聞かないとね。

「お前、四十年前の、わしを知っているかえ?」

「まさかに……私は、まだ、生まれていませぬ」

「知ったら、おどろくだろうよ」

「……?」

「四十年の歳月は、なみなみのものではないぞ。世も人も変る、変る。びっくりするほど変ってしまうわえ。なれど、変ったようでいて変らぬところもある。あの稲荷坊主《いなりぼうず》殿の若いころにも、きっと、後のちの、あの姿が潜んでいたにちがいない。ただ、それを他の人びとも、また当人も気づかなんだだけのことじゃ」


——剣客商売「浮寝鳥」

◉淡々としたその風貌《ふうぼう》からみなに好意をもたれていた一人の老乞食《こじき》が殺された。その日、旅立ちの途中で彼を見かけた大治郎が探索を始めると数人の討手《うって》が彼の家を襲った。それが、大身旗本の家来とわかって、事件は公儀に任されたが、後に真相を知らされた大治郎は驚いた。老乞食は、その旗本の長男で、若いときの放蕩《ほうとう》がたたって家を逃げ出す破目に陥り、放浪の日々に生まれた娘のために、四十年ぶりに実家に無心に行って殺されたということだったからだ。生真面目な大治郎には、澄みきった目で空を仰いでいた老乞食と放蕩三昧《ざんまい》だった若いときの彼とが結びつかなかったのである。

たいていの男は、思い出したくないような苦い過去を持っているものだ。著者は、くわえ楊枝を例に挙げているが、それは、若さゆえの傲慢《ごうまん》や無知の象徴といえよう。世の中にもまれ、年長者の叱責《しっせき》を受けながら、人は隠された自分を発見し成長していくものなのである。

2

住む

家の建て方から男をみがく暮らし方まで

ぼくの家は、ドアというものは一つしかないんだ。一階便所のドアだけ。あとは全部引き戸。

……………引き戸

男にとって「家をつくる」ということは大事なことだ、やっぱり。この問題は収支の感覚でもって全部整理しておかなきゃいけないんだよ。それが基本なの。だから、まずどんな場合でも、地図を見ればいいんだ。世界地図を見て、自分の住んでいる国の小ささをまず考えて、それを基本に家のことを考えればいいんだよ。そうすると当然、この狭い国土に建てる家となるとどういう家でなきゃならないか、わかるでしょう。

一般の人の場合、やはり仕事の関係で都会で暮らすということになれば、なおさら狭いところにひしめき合って暮らさなきゃならない。そういうところにマンションの一部屋を買って住む、あるいは小さな家を建てて住むということになるわけだ。

もともと日本人は、人口がこんなに多くない江戸時代でも、そんなに大きな家には住んでいなかった、庶民の場合ね。現代《いま》と違って機械でもって宅地を開発したりいろんなことをすることができない時代だったから、人の住む地域というのが限られていたわけだ。だから、やっぱり狭いことは狭かったわけね、人口が日本全国で一千万そこそこしかない時代であっても。

そういうところで、家のつくりかた、住みかたというところの知恵が生まれ、江戸時代からちゃんと連綿としてあったわけなんだよ。ところが今日、それを全部忘れてしまいつつある。

その一つが戸なんだ。これはぼくもさんざん書いていることだけど、みんなドアになったでしょう。このドアというのは西洋のものなんだ。日本のこの狭いところの日本家屋、あるいは日本人の暮らしには向かないんだよ。

たとえばここの八畳間、庭に向かっているところが二つ開いている。そこが引き戸じゃなくてドアだったら、そこをちょっと開けろよといった場合、引くとドアがグーッと部屋の中へ食い込んでくるわけだ。そうすると、それでなくても狭い部屋がなおさら狭くなっちゃうわけですよ。そのために、引き戸というものが日本では発達しているんだからね。

引き戸をつくるのは面倒だというかもしれない。大工の手間もかかるし、手数も費用もドアよりかかるかもしれません。しかし、それをつくったら、あとの使い勝手のよさ、便利さは計り知れない。

ぼくの家は、ドアというものは一つしかないんだ。一階便所のドアだけ。あとは全部引き戸。玄関はむろんのこと、バスルームも、二階のぼく専用の便所の戸も、納戸の戸も、三階の物置きも、全部引き戸になっている。それは非常に面倒くさかったけど、設計士がぼくの言うことを聞いて全部引き戸にしてくれたために、狭い区画の中でもって、どうにか住めるということなんだよ。

だから、日本の伝統というものを忘れなければ、マンションを建てても全体的に全部三重なら三重の引き戸のように、はじめから引き戸でもって設計すれば、四十何室、五十何室というマンションだったら、そんなにロスも出ないし、手間もくわないわけです。だけど、そういうことを全部忘れちゃっている。それが困っちゃうわけだ。一事が万事なんだ、それは。

そして、たがいに酌《しやく》をしながら、少女を助けたときのことや、世間ばなしをしたわけだが、こうしたとき大治郎は自分のことを語りもせず、また、相手の私生活に、立ち入ったりはせぬ。(中略)

胸の内を打ち明けたり、生いたちを語るには、自然にそうならなくてはならぬ。

そのためには、月日がかかる。

——剣客商売「逃げる人」

◉田沼屋敷の稽古《けいこ》帰りに、大治郎は、中間に囲まれてこれを撃退した老人を見かけた。大治郎は、思わず「お見事」と声をかけてしまった。そのときの老人に怯《おび》えた風があることを不審には思ったが、その後、何度か会ううちに次第に親しくなっていった。しかし、その老人の寄宿先の僧侶《そうりよ》が父の知人であったことから、彼の本名を知って、大治郎は愕然《がくぜん》とする。修行中に、関西で知り合った友人が敵と狙《ねら》う相手だったからだ。大治郎はそれを友人に知らせるべきかいなか迷うのだった。

著者は、日本という狭い国家に生まれた知恵として、引き戸を例に挙げているが、確かに江戸時代の庶民の家は狭かった。人々はこうしたプライバシーのなさを知恵で補ったのである。聞くところによると、長屋住まいには暗黙の決まりがあって、たとえば出身地や親きょうだい、前歴などは、本人が話さない限り聞いてはならないことだった。大家の胸三寸に納められていたのである。物理的な狭さを心の広さで補っていたといえよう。

狭い四畳半に応接セットを買い込んでドカンと置く。どうにもならないよ（笑）。……日本間

日本人は畳というものを発達させて、住まいには畳を敷いておく。そこが畳敷きの部屋であればこそ、居間にもなり、茶の間にもなり、寝室にもなるという知

恵が江戸時代からあるわけですよ。

だからマンションの場合を考えても、2LDK、3LDKというような狭い住まいなら、全部日本間にしてしまったほうが使いいいわけなんだ。そして押し入れ、格納所というのをたくさんつくるということが一番大事なんだ。

ぼくに言わせれば、狭い国土に自動車をやたらにつくって、だれも彼もが自動車を買って、自動車が氾濫《はんらん》して、自動車のために道があるという状態。それと同じ感覚なんですよ。狭い四畳半に応接セットを買い込んでドカンと置く。どうにもならないよ（笑）。

ぼくの家の場合は、家族が三人で、三人が一部屋ずつ持っていて、その他には応接間と書庫があるだけ。それだけの小さな家。応接間を椅子にしたのは商売柄、編集者とかお客がしょっちゅう来るから、そういう客のためです。これはしかたがない。

ぼくの書斎は仕事場だから、十二、三畳はあるんじゃないかな、そこにベッドも置いてあってそこで寝るわけだけどね。本当はこの書斎もやっぱり日本間にしたかった。だけどあえて椅子にした。どうしてか、わかる？

——長時間お仕事をなさるから、足のため……ですか……。

そうじゃない。ぼくはどっちかといったら日本間のこういう部屋でやりたいほうなの。畳の上に坐《すわ》って仕事をしたほうが物をテーブルから落としても壊れない。椅子式だと、落としたら全部割れちゃう。だから、そういう点からも日本間のほうがいいわけなんです。

それにもかかわらずあれにしたというのは、やっぱり日本間だとすぐ横になっちゃう（笑）。ぼくは話をしていても、話しながら横になっちゃう、飯を食べればすぐ横になっちゃうというほうだから、まずい。これで日本間の書斎にしてこたつでも入れたら、ちょっと仕事がね……一枚書いちゃひっくり返り、そのまま寝ちゃうということになりかねない。それで洋間にしたんですよ。自分が怠け者だから、そうじゃないように、仕事にさしつかえるといけないということでね。

洋室にすると、すべてが高くなるでしょう。そうすると高くなる空間というものは、和室の場合より利用スペースが大きくなるから、その空間に戸棚を据えつけたりということができるわけ。いろんな資料や書類の整理ということを考えると、そのほうがいいということになる。

壁一面を天井まで届く書棚にしてだね、こうやって坐って仕事をしていて参考にする本を取りに立つとか何とか、面倒でしょう。寝っころがって仕事していたら、もうどうしようもないでしょう。いいや、もう本なんか見ないでやっちゃえというようなことになりかねないからね。そうすると仕事に対して、結局、忠実でなくなってくるんで、だから洋間にしたわけですよ。


「おはる。炬燵《こたつ》だ、炬燵だ」

小兵衛は大さわぎをして、炬燵を出させ、朝餉《あさげ》も炬燵の中ですますという始末で、

「こんな寒がりの剣術つかいを、はじめて見ましたよう」

などと、おはるにからかわれても、

「何とでもいうがよいわ。これから先、夏がくるまでは、炬燵の中から一寸

もうごかぬからそうおもえ」

小兵衛は、しみじみと炬燵の温《ぬく》もりを味わいつつ、

「こんなに便利なものを、だれがおもいついたものか。つくづくと感心をする」

目を細めて、つぶやいた。

——剣客商売「罪ほろぼし」

◉難儀を救った浪人が、元千五百石の旗本・永井十太夫元家の息子と知った小兵衛の気持ちは複雑だった。というのも、辻斬《つじぎ》りという悪行を重ねた父親を告発したのは自分だったからだ。しかし、いまは商家の用心棒をしていることを隠そうともしない源太郎は、親のしたことの罪滅ぼしをいくらかでもしたいと言うのだった。やがて、その商家が狙われ、小兵衛は協力して盗人どもを捕まえた。そして、源太郎は、かねて世話になっている子持ちの農婦との結婚を決意するのだった。

炬燵というのも、狭い国土に暮らす日本人ならではの知恵の一つだろう。炬燵が、猫の隠れ家になったり、色事の舞台になったりすることを思うと、やはり、応接セットでは味わえない温もりを感じるのである。

なぜ日本の家屋に合った、昔からある便利な家具を活用しないのかねえ。……………………家具

歌舞伎の役者で、六代目菊五郎なんかは借金だらけだったでしょう。それでいて、きれいないい家を建てて……だけど、それは歌舞伎役者として贅沢《ぜいたく》な生活をするということに慣れてもいたんだろうし、ある意味で必要なことでもあったろうし、またそれが出来た時代だったわけだから。

しかし、その借金があるために、高血圧でもうふらふらになりながらも、オレが休んだらどうなるんだということでもって出るわけですよ、舞台に。それでな

ければ経済が成り立たないだろう。だから役者というのはたいてい舞台で死ぬんだ。死ぬ間際まで舞台に出ざるを得ないということなんだよ。ことに偉い役者というのは、自分が出ないと一門の役者たちも出られないということになるから、そういう責任があるからね。

いまは、歌舞伎の役者がそんなことをやろうといったって、いくらそう思ったってできないですよ、かつての六代目のようなことは。どうしても同じようなことをやろうと思うなら、結局、脱税でもしない限りはどうにもならない。そうでなければ本当の金というのは入ってこないように現代の税制はできているんだから。

変な話ですけど、ぼくらの場合、所得の七、八割税金で持っていかれちゃうんだからね。だから、いまのぼくの家でも、いまだったら大変だよ、建てようと思ったら。当時はいろんなものが高騰する前だったから出来た。ぼくのいまのあの家をつくるにあたっては一円も借りていないんですよ。そのために無理してあくせく金を稼がなきゃならないってことにもならなかったわけだ。家内も母も贅沢な家に住みたいというほうじゃないし。

——だいたいは女のほうが無理にも大きな家をほしがって、亭主に要求して、結局のところ過大なローンの負担を背負い込む……そういう男が多いわけですよ。ほとんどみんなそうですよ……。

だから、ぼく自身はそういうことで、まあなんとかやってきたんだけど、住宅問題についての話を聞くと大変だというんだね……ローンで家を買ったら、買ったあとの余波が。

——目いっぱい頑張って、その上に無理を重ねて、借りた金でつくるものだから、そこから先の暮らしというのは、家こそだんだん自分のものになっていくにしても、ガラッと変わっちゃいますね。人とのつき合いなんかまったくできなくなりますからね……。

そうなると女房は、むろん、亭主にも小遣いをやらない。やれないわけね。三十代あるいは四十代の旦那《だんな》は何ともいえないさびしい生活となって、それがまた仕事にも微妙に影響してくると思うんだよ。そういう人たちがふえればふえるほど、世の中というのは、味気ない、単調な世の中になってくるんじゃないかと思うね。

だから、家具一つ買うんでも、よくよくそのことを考えてね、買ったほうがいいと思うわけだよ。応接セットにリビングキッチンが大はやりだけどねえ（笑）。たとえばぼくがいま、マンションに暮らすとするわね。そしたら、リビングキッチンというところ、たいてい板の間とかタイル貼り、そこへテーブルがあって椅子が置いてあるわけでしょう。ぼくならもう、そこへ椅子もテーブルも置かないですよ。そこを半分畳敷きにするなり、板の間なら板の間でもいいけど、そこは広くあけておいて、ごはん食べるときは昔の飯台——一枚の板で脚を引き出すやつ、そういうものを使いますよ、いまだって売ってるんだから。なぜ日本の家屋に合った、昔からあるいろんな便利な家具を活用しないのかねえ。

料理人の勘助が三河町二丁目のわが家に帰り着いたのは、五ツ（午後八時）ごろであったろう。

一昨日《おととい》の夜までは、

「おかえりなさい」

飛びつくようにして出迎えてくれた女房おたみの、姿はなかった。

(もしや、帰って来ているかも……?)

という勘助の、かすかな期待は、たちまちに押し拉《ひし》がれてしまった。

一間きりの家の中は、昨日おたみが、此処《ここ》を出て行ったときのままであった。

——鬼平犯科帳9「白い粉」

◉鬼平とは古いなじみの軍鶏鍋屋《しゃもなべや》三次郎の推薦で、鬼平の屋敷の料理人になった勘助は、その料理の腕を買われ、可愛がられていた。ところが、ある日恋女房をかどわかされてしまう。女房を帰す条件は、鬼平を毒殺することだった。勘助は女房恋しさに、それを決行してしまうのだった。

一間きりの長屋というと、当時でも貧民の部類に入ると思われるかもしれないが、当時の庶民の家はみな似たようなものだった。こうした「ウサギ小屋」に人が住めたのは、江戸の人々の知恵があったからである。家具はかたづけたり折りたたんだりできたから、寝る空間をつくることが出来た。あるいは、着替えのときは、低い屏風《びょうぶ》を置くことで、見えないふりをするという神経の使い方もしていたのである。

もっと日本の風土に合った、景色に調和したものを考えられるはずだと思うんです。

……………マンション

ぼくの家はいま話したように狭い家だけれども、便所が二つあるんだよ。この便所というのは、いかに小家族でもやはり二つほしいんだ。これは便利というか、贅沢だね。いくら少人数の家族でも重なるときがあるだろう、たとえ三人の家族でもさ（笑）。一つの便所の家で車一台買うくらいなら、その分で便所をもう一つつくりたいね、ぼくは。

これからはますます人口がふえてきて、住むスペースというのは狭くなるんだから、そのことをなぜ建築の専門家が考えないのかと思っているんだ。ドアと引き戸のこと一つを取り上げても言えるように、だれも考えないいんだよ、これ。

ぼくの家の設計をした辰野清隆という人、その人の発表した作品を雑誌で見て、それを見ただけでこの建築家なら大丈夫と思って頼んだわけだ。ぼくが辰野さんに言ったことは戸を全部引き戸にしてくれということだけ。それしか注文しなかった。家が完成したときに辰野建築事務所の若いお弟子さんがやっぱりびっくりしてたよ、こんないいものとは知らなかったと。

ぼくは狭い地所の小さな家でどうすれば住みやすいか知っていたわけ。家を改築したのは今度で四回目ということもあるし、昔、花柳界なんかによく行ってたころ、待合《まちあい》建築というものをつぶさに見ているからね。そのころの待合建築というのは、畳一畳敷きのスペースで湯殿つくっちゃったりするんだから。

花柳界なんて、だいたい土地の狭いところに待合があるわけで、そういうところを巧みに利用してつくるのが待合建築。まあ大工さんの特殊技能というか腕というか、そういうものを生かしてつくる特殊な建築ですよ。

それを昔から見てきたから、やはり自分の家をつくるときにもね。引き戸なんか三枚重ね、四枚重ねにしてありましたよ、それでなきゃしようがないんだから。

——いまは建築家も、住む人のほうも、見た目ばかりなんですね、考えているのは……。

見た目をどうしてもそれらしくしたいというなら、ドアの形にして引いたっていい、ハンドルがほしけりゃハンドルをそこにつけりゃいいんだから。そうでしょう。

それと同時にね、大きなマンションのデザインでも、もっと日本の風土に合った、まわりの景色に調和したものを考えられるはずだと思うんです、鉄筋コンクリートでも。ぼくの家、鉄筋コンクリートづくりだけど、外観ちっともおかしくないだろう？　日本家屋のような感じがするでしょう。だから、その気になって考えればできないはずはないいんだよ。だけど、だれもそういうことを考えようとしないんだ。これからマンション生活がますます一般化するとなれば、忘れちゃいけない問題の一つだと思うんだがねえ。

新春早々、小兵衛は風邪気味で外出《そとで》をひかえていたが、十四日になって注《し》連《め》かざりを取り払い、軒端《のきば》や門口へ削掛《けずりかけ》を掛けると、(中略)削掛は、柳や檜《ひのき》の枝を削り、茅花《つばな》の形に作ったもので、これを正月十四日から二十日まで、門先に掛けて邪気をはらい、福を招くまじないにするのが江戸の風習である。

——剣客商売「金貸し幸右衛門」

◉江戸の風習どおり、削掛をかけた小兵衛は、久しぶりに出かけることにした。なじみの料理屋に立ち寄ると、暮れにも来ていた老人に出会った。噂《うわさ》では、彼は、因業な取り立てをする金貸しだという。店を出た彼をつける浪人に気づいた小兵衛はその跡をつけ、襲われたところを救った。そして、逃げたその浪人が、小兵衛の若い友人・渡部甚之介と知り合いであり、しかも無残にも殺されたと知って、ことの真相追究に乗り出すのだった。

江戸の風習という削掛は、現代ではまったく見かけることはない。かすかに残っている習慣も次第に消えていくのだろうか。たとえば、マンションのドアの外に、節分の風習である鰯《いわし》がぶら下がっていたら、どうもちぐはぐな光景になりそうだ。知らない人間が見たら、何かの宗教かと思うかもしれない。

「家というものは人間の性格を変えていく……」これが怖いんだ。

……………………一戸建て

もう一つ、考えなきゃいけないことは、

「家というものは人間の性格を変えていく……」

ということです。これが怖いんだ。

マンションは規格品であるけれども、それぞれに住む人がいろいろ装飾するでしょう。それでやっぱり変わってくるわけです、ある程度は。

ましてや一戸建ての家を建てるときは、よほどそのことに注意しないといけないことになる。

――家が人の性格を変えるというのは、たとえばどんなふうにでしょうか……。

つまり、だれしも金さえあれば、金のかかったいい家を建てたいよね。庭の広い家で、花壇があったり木が植わっていたりして、十五畳、二十畳の大きなリビングルームがあって、使いやすい広々とした書斎もあるというような、そういう素晴らしい邸宅というのはだれでも建てたいよ。

けれども、職業によっては、そういう邸宅を建てちゃうとその職業が駄目になるときがある。その人の性格も変わり、仕事も変わってくる場合があるんです。

たとえば、ぼくの職業の場合、大邸宅を構えちゃうと、やっぱり大邸宅の主《あるじ》であるという感じになってくるね。それはいいんだが、大邸宅に住むとなれば当然、大邸宅にふさわしい暮らしをしなきゃならないわけでしょう。自動車でも買って乗り回そうとかね。そうすると、ぼくの場合では、書くものの中に江戸時代の八百屋とか魚屋とか庶民がいっぱい出てくる、その庶民感覚がやっぱりだんだん薄れてくると思うんだよ、いくら自分で気をつけていても。

たとえていえば、ドライバーでも自分が歩いているときは、自動車がピッピッ、ピッピッとくればしゃくにさわるだろう。ところが、いったん自分が自動車に乗ってハンドルを握れば、歩いている人間に対して何をぐずぐずまごまごしていやがるんだという気になるんだよ。それと同じこと。たとえ一時でも、人間というのはそういうことになるわけだからね。ましてや、家ともなれば影響しないわけがない。

いままで住んでいた小さな家から、今度急に大邸宅へ移ったということになると、いろいろな面でちょっと違ってくるの。金も大いにかかるし、税金もたくさん取られる。庭つきの邸宅だったら、その庭の費用だけでも大変なんだ。昔のように職人が安くやってくれるわけじゃないんですから。

それら一切の経費を親父一人が稼ぐということになると、これは大問題。というのは、どんどんお金が入ってきたって、税金で取られちゃうんだからね。稼げば稼ぐほど税金で取られる。にもかかわらず、なおそれだけの大邸宅を維持しなくてはならないということになれば、どこかに無理が出てくるわけです。

ぼくらの仲間にも一億何千万の家を建てるとか、実際建てている人はいる。いい度胸だと思うんだよ、ぼくは。豪快なる精神の持ち主でそういうことをしているのかどうかはわからないけどね（笑）。昔は、そういう豪快な人もいましたよ。生活のほうはかまわないで、どんどん金を使っちゃう、なければどこか財閥から借りてくるとかして、借金だらけの生活をしているという人もいたけど、いまはそれができない時代だからね。全部現金の世の中になっているから。

幸右衛門は、三河・岡崎《おかざき》七万石、松平家の浪人だが、江戸へ出て来て本郷の春木町へ住み、近くの旗本屋敷の奉公人や商家の子弟に読み書きを教える一方で、小金を元手に金貸しをはじめるうち、しだいに理財もたくましくなり、のちには現住所の門構えの家へ引き移るほどになった。（中略）

「はじめは、人にたのまれて、やむなく小金を貸しあたえているうちに、年を経るにしたがい、しだいしだいに金貸し稼業に身が入ってしまいましたようで……」

――剣客商売「金貸し幸右衛門」

◉金貸し幸右衛門が、毎日のように浅草までやってくるのにはわけがあった。娘がかどわかされるのと同時にいなくなった女中の姿を見かけたからである。じつは、その女中に結婚を迫られて承知した幸右衛門だったが、可愛い娘の反対に抗《あらが》えず前言を翻したといういきさつがあった。だから、彼女が何か知っているにちがいないと考えたのである。

「武士は食わねど高楊枝《たかようじ》」という言葉は、武士の見栄とプライドを言い表した言葉だが、金貸し業が身につき、立派な門構えの家に住んでしまった幸右衛門は、武士としての誇りを失った。娘がすでにこの世のものでないと知ったとき、彼はすべての証文を捨て、大金を小兵衛に託して死を選ぶ。しかし、それは縊《い》死《し》という、武士らしからぬ死だったのである。

こっちの蛇口でもって水でうめる間に、頭洗うとか、顔洗うとかって両方のことやればいいんだよ。……………風呂

一つのことをやりながら、つねに他のことにも気を配る、そういう訓練がいまの人にはなくなっちゃった。

こういう神経の回りかたというのは、結局、躰《からだ》で覚えていくものでね、それも早いうちからやらなきゃ駄目なんだよ。

まず、肉体の訓練から始めないとね。これはどういうことかわかる？

肉体と頭はつながっているんだから、洗濯しながらごはんの火加減を見るのと同じに、肉体の動きでもって神経が働いていくわけだから、両方やらなきゃ駄目なんだ。

たとえば、つまらないことだけど、自分のうちの風呂へ入るだろう。ものすごく熱いわけだ。これを水でうめるわけだよ。そのときに、こっちの蛇口でもって水でうめる間に、頭洗うとか、顔洗うとかって両方のことやればいいんだよ。

こっちに神経を配りながら頭洗う、顔洗う。頭と顔を洗っちゃったときに、こっちがちょうど入り心地がよくなっている。それで入る。あるいは熱い湯をうめてる間に、洗い場で体操をしながらこっちのあれを気をつけてみるというようなことが、やっぱり根本なんだよ。

「同じ時間に二つのことをやる……」

ということ。

しかも、それがいちいち頭で考えてするのでなくて、パッと感覚で反射的に出来るように、日常のつまんないようなことでもいいんだ、つねにそういうふうに肉体を訓練する。これが根本なんだよ。

風呂へ入るときぐらい、何もそんなにしなくても……という人もいるでしょう。それはそうなんだ。だけど、そういうつまらないことが、ひいては仕事にも役立ってくるものなんだよ。仕事のやりかたが違ってくるんだ。

傘屋の徳次郎が、その男を見た途端に、はッと笠の中の顔をうつむけ、それでいて足取りは乱さず、男の横合いを擦りぬけ、坂を下る駕籠《かご》へ、ぴたりと身を寄せ、

「大先生《おお》に申しあげます」

「どうした？」

「いま、お尋ね者の為吉というやつを見かけましたので」（中略）

と、駕籠の先棒を担いでいる留七が、

「徳さんは、ふだん、薄鈍《うすのろ》みてえに見えるが、いざとなると寸分の油断もねえ。いや、大したもんだ」

——剣客商売「十番斬り」

◎小兵衛は、碁敵の小川宗哲の家で、肝臓を傷めて余命いくばくもない浪人を見

かける。その人物が、かつて会いたいと思いながら果たせなかった、ある道場主の息子と知った小兵衛は、見舞いの品を携えて、御用聞き弥七の手下である徳次郎をお供に彼の許《もと》へ出かけた。小兵衛は知るよしもなかったが、彼が、自分の寿命を知りながらも医者通いをするのは、死ぬまでにしておきたいことがあるからだった。著者は、風呂を例にして、二つのことを同時にやることを勧めているが、それは、そうした習慣は、神経を鋭敏に働かせるために役立つからである。徳次郎が、駕籠につきそいながら、周囲への目配りもできているのは、日ごろの鍛錬がものをいったのである。

おふくろも家内も気が強いほうですからね。その上を行かなきゃどうしようもないんだよ。

……………留守番

おばあちゃんというのは、自分がやっぱりやることがあるというのがいいわけですよ。ぼくのところは子どもがいないし、孫がいないから、ときどき母に留守番やら何やら、努めてさせるようにしている。そうすれば、

「自分は留守番のためにちゃんと用はしている、役に立っている……」

と、思うからね、母も。だから、手紙を出すのでも何でもどんどんやらせる。もう、ぼくの部屋に入ってくるとき、おふくろはガタガタふるえていますよ。手紙なんか持ってくるときに、見ると、手紙がこんなになってふるえているんだから。

いまはまあ、そうだけれども、おふくろはもともと人一倍気が強いし、家内も強いほうでしたからね。だから、その上を行かなきゃどうしようもないんだよ。それでぼくは、

「出ていくときは二人で出ていけ」

と、言ってある。

「どちらか一人では出さないぞ……」

と。

一時は真剣になって、母がね、

「もしそうなったら、豊子《とよこ》さんは実家に帰るからいいけど、私はどこへ行けばいいんだろう……次男のところへ行こうかしら……」

なんて言ってたよ。

――両方に対してあくまでも「公平に……」という、そこがむずかしいんですね、われわれにとっては。たいていの場合は、嫁さんのほうにフラフラと傾いていて、おふくろを邪慳《じゃけん》にしてしまって……。

それは当然そうなりますよ。邪慳にするというよりも、かかわるのがいやになるから逃げちゃうんですよ。

そうするとね、おふくろのほうでも面白くないということになるだろう。で、年取ってくると、早く死にたいとかなんとか言いはじめるわけ。うちでも家内に言ってるよ。

「もうポックリ死にたい……だから、もりもり栄養のあるものを食べる、そうすれば心臓が圧迫されてポックリ死ねるから……」

なんてね。

それで、年じゅう口ぐせのように、

「死にたい、死にたい、死にたい……」

だが、道を歩いていて自動車が来ると逃げてやがんの。

だけど、そういう嫌味を家内に言えるだけいいんですよ。家内のほうも、おふくろに対して、

「何を言ってるんですか、ばかなこと言わないでください」

なんてね。

そういうふうになったらいいんだよ。お互いに全部、亭主に言いつけるようになったらよくない。喧嘩《けんか》してるのだって何だって、それが二人でやってるんだったら、喧嘩するほどいいんだから。陰惨じゃなく、口ではっきり出して言えば、そのほうがいいわけ。

いまじゃぼくは何日間か旅行に出るというと、二人で大喜びしてカレンダーに

しるしをつけてますよ。それで、家内が、

「あした、帰ってきますよ」

と、言うと、おふくろは実に不服そうな顔をしてね、

「もう帰ってくるのかい……」

と、ガッカリするわけだ。

昔はちょっと山の手のほうへ行ったら大変ですよ。嫁姑《よめしゅうとめ》どころか、実の親であっても、

「お母さま、お風呂をいただきます」

ちゃんと挨拶《あいさつ》をするんだからね。戦前の小津安二郎の映画なんか観《み》てごらんなさい。自分の親に対しての言葉遣い、きれいですよ本当に。

「お母さま、もっと早く帰ろうと思ったんですけど、お食事に誘われましたので……遅くなって申しわけございません」

こうだからね、いまはどこの娘でもそんなこと言いやしないやね。

そういう言葉を使うことによって自然に女らしい感情が出てくるわけですよ。

いまなんか、地下鉄に乗ってると、中学生の女の子がいっぱい入ってくるんだよ。

聞いていると、

「おい、朝飯食ったか」

「食った」

なんてやってるんだから、当然、女は乱暴になるよね。

「ばばあ、何を食わした」

なんて言ってるんだよ。ばばあというのはおっかさんのことなんだ。そういう女学生がいるんだからたまらないですよ。

親に対してもそうなんだからね、結婚した日にはもう……考えただけでぼくなんか恐ろしくなるねえ。

いまひとつ、

（若旦那も、気もちが弱すぎる……）

と、おもわぬでもなかった。

母親のおりんが口うるさくても、妻と母の間に立ち、これをうまくおさめて行くのが夫であり、男なのではあるまいか……。

――おせん「平松屋おみつ」

◉父親を殺され一人っきりになったおみつは、小間物問屋・平松屋利七へ奉公することになった。内儀のおりんは口やかましく、これまで何人もの小間使いがやめていた。おみつは、父親がきれい好きだったためもあっておりんによく仕えた。おりんの厳しさは、一人息子の利太郎に迎える嫁にも及び、みな逃げ出した。

気が強いという評判に今度こそと迎えた四人目の妻は、姑を殴って出ていった。四人目に去られた利太郎は、母親の気に入りであるおみつに、母親への怒りを爆発させるのだった。

理屈というものでは絶対、人間の世の中は渡れないんだ。

月給袋

「男をみがく」というテーマには、確かに「女」の問題も入ってくるだろう。だけど、女の問題というのは、ことに現代《いま》の若い人たちには、ぼくの話すことは実際的に通用しない時代になってきていると思うんだよね。

もし、君たちが「通用する」と思ったとしても、実現出来にくい世の中になっているから、あんまり参考にはならない。ということはやっぱり、原稿にも書いておいたほうがいいよ。

ぼくの場合は、家内はぼくより年上なんです。六十近いですよ。つまり昔の女だから自然と、昔の女のようなところがまだ残っているから、まだぼくのやることも通るけど、そうじゃない場合は、なかなか通りにくいと思うからね。

この間、『北海ハイジャック』という映画を観たんだ。それは、イギリスの政府がやっている海底油田の管理事務所に男と女が働いているわけだ。そこがハイジャックされて、いや、ハイジャックというよりも爆弾仕掛けられて、いざとなって逃げるときに、決死のあれで残るのはだれにするかというと、主人公が、「女は強い……」から、女に残っていただきましょうと言うんだ。そうすると女が、そのとおりですって残るんだな。

そういう映画が出てくるということは考えられなかったことですよ、たとえ冗談にしろさ。それだけ女の力が強くなったということ、女のパワーを示すように、喜劇的にそういうふうにやったんだろうけどね。だから、女が男より強いということは、これはもう周知の事実なんだよ。外国でさえ、ね。

外国は「レディ・ファースト」といっても、実権は全部男が握っている感じなんです。月給袋だって女房に絶対渡しませんよ。今月はいくらだ、いくらかかったと全部男が出してやるかたちだからね。日本は、ウーマンリブの表面だけまねしちゃって、全部、女が権利を取ろうということになっちゃったでしょう。そこが、外国と日本とは違うわけですよ。

女というものは、軽蔑《けいべつ》するわけじゃないけど、男と躰の構造が違っているわけだ。だから女は、現実に生きることについてはものすごく強いけど、神経の働きというのは、自分と自分のすぐまわりのものにしか働かないんだよ。

亭主が、

「オレは男としてこういうことをやりたいんだ。だから一年間だけ、これだけ金がいるんだ。それをお前、出してもらいたい」

と、こう言っても、それがどういうことかわからないだろうと思うんだよ。わかる人もいますよ、例外にね。だが、いまの女の人の大半はわからない。

「あんた、なんでそんなことするの。お仕事のことだったら会社から出してもらえばいいじゃないですか。会社から出してもらえないものを、あんたがやることないじゃないの」

と、こういうことになると思うんだよ。

それは正論なんだよ、一応ね。理屈なんだよ。だけど、理屈というものでは絶対、人間の世の中というのは渡れないんだ。なぜかというと、人間そのものが理論的に成立しているものじゃないんだから。
なんかアメーバなんて、ばい菌みたいなものから人間までになったわけでしょう。そんなこと、科学的だの理論的に説明出来るもんじゃない。そういう不可思議な動物なんだから、人間は。だから、理論的に人間と人間の社会を全部割り切って、それで事がスムーズに進むはずがないんですよ。女というのはやっぱり、そこのところがちょっとわかりにくいんじゃないかと思うんです。だけど、いまはだんだん男もわからなくなってきちゃった。だから、なおさら困っちゃうんだ。男が女みたいになってきたでしょう、このごろ。

茶わん酒を二杯のんで、梅安は寝床へもぐりこみ、たちまちにねむりこんだ。
深いねむりに落ちこみつつ、
（一夜のうちに、この手で一人を殺し、一人の新しいいのちを助けた……）
そんなことをちらりとおもったが、あとは、もう、おぼえていなかった。

自分《おのれ》の所業の矛盾は、理屈では解決できぬものだ。
世の中の矛盾も同様である。
これを、むりにも理屈で解決しようとすれば、かならず、矛盾が勝ってしまうのである。

——仕掛人・藤枝梅安「春雪仕掛針」

◉今日も、梅安は、世の中に生かしてはならぬ男を一人、あの世に送って帰ってきた。すると、玄関の戸を激しく叩《たた》く音がして、近くの下駄《げた》屋の金蔵が転げ込んできた。産気づいた女房が難産で産婆の手に負えないのだという。駆けつけた梅安の適切な処置で無事に男の子が生まれた。茶碗《ちゃわん》酒を一杯引っ掛けた梅安は、深い眠りに落ちるのだが、その一瞬、ふとこんなことが頭をよぎるのだった。

3

装う

靴・ネクタイの選び方から男の顔のつくり方まで

いまの女は、亭主が出かけるときに靴をみがくなんて思ってもいないのかねえ。…………靴

昔はそこから、つまり結婚したときから、いよいよ本当の人生が始まるわけでしょう。そこから二人が力を合わせて、だんだん家も買い、一つの家庭というものを築いていく。

ところがいまは、結婚が出発点じゃなくて終着駅なんだ。だから、そこで楽しもうというんで、このときばかり、お金を豪勢に使えるときはもう当分来ないんだからということで、それであんなふうになっちゃうのかね。どうも、わからないけど、そうじゃないかと思う。

だいたいOLなんかが一所懸命に貯金した金というのは、結婚してからあとの資金にしようなんて毛頭思っていないという話だね。結婚してグアム島へ行く、ハワイへ行く、そのために貯金するんだって。それでも足りなくて親からせびって、パーッと新婚旅行で費《つか》っちゃうわけでしょう。いまの若い人たちにとっては

結婚そのものが人生のハイライトなんだよ。そこが昔と違う。男のほうもね、それまで独身貴族とか言ってたものが結婚した途端に月給袋をそっくり奥さんに取られちゃって、もうどうにもならない。

——たまたま金持ちの娘を女房にもらった男なんかも、金に不自由しないのはいいけど、かえってヒーヒーひどい目にあっているのがいますね……。

それは当然そうなるよ。

やっぱり奥さんに対して頭が上がらない。

——こういう話があるんですよ。あまり出来のよくない男だけど、まあ気は悪くない……それが医者の娘をもらったわけです。相手が金持ちでしょう。本業の医師の他にマンションか何か建てて、別にそれを経営しているわけですよ。その一室をもらって新婚生活を始めました。当然その住まいは嫁さんの実家のすぐそばにあるわけで、もうほとんど向こうの家へ婿に行ったのと同然です。名前が変わらないだけ。

それで、何かのとき、亭主が「きょうは大事な用があって出かけるから、靴をみがけ」と言ったんですよ。そうしたら「私に靴をみがかせた、もう別れる……」と、女房が泣いて大騒ぎになって、結局、その男は追い出されちゃった。

ぼくの住んでいるアパートにその男の姉さんが住んでいて、そこへひょっこり来たとき会ったわけです。それで「どうした、結婚したんだってな」と言ったら、「ちょっと聞いてください……」と言うんで、聞いたんです。本人が言うには「腹が立ったんで、出てきた」と……。

それはいいじゃないか。そんな女房、さっさと別れちゃったほうがいいよ。そう言ってやんなさいよ。

――言ってやりました。そうしたら、三日もしないうちに、こそこそといなくなっちゃったので、どうしたのかと思ったら、詫《わ》びを入れて戻ったと言うんですよ……。

その話、書いといてくれ。だけど、いまの女、亭主が出かけるときに靴をみがくなんて思ってもいないのかねえ。確かにみんな汚い靴を履いてますよ。上はきれいな洗濯屋から来たワイシャツを着てても、靴はみがいていない。それもやっぱり、「自分でやるように」という申し合わせか何かで結婚するからじゃないの。

それで、その男の姉さんは何て言ってるの？

――姉さんというのもいまの若い人ですから、そういう金のあるところへ行って、家もちゃんとあって、こんないい話は他にないんだからと、むしろ躍起になって一緒にさせたわけで、結局は弟に言いふくめて、謝らせたわけです……。

まあ、昔から、そういうような話はあるんだよ。たとえば大きな商店街の養子なんていうのは、どうしても頭が上がらない。全部が全部そうじゃないけどね。だからね、人間というのはやっぱり、一つまいた種がいろいろに波及していくわけだよ。外にも波及していくし、自分にも波及してくる。

いま、君の話したその男が、女房に「靴をみがけ」と言ったら、みがかないで「出ていきなさい」と言われて、飛び出してきて、そしてまた三日ばかりたって女房のところへのこのこ謝って帰っていった、その一つの出来事が彼のこれからの人生に全部、作用していくわけです。だから怖いんですよ。

梅安は、裾長《すそなが》に仕たてた黄八丈《きはちじょう》をゆったりと着て、黒の紋つき羽織に白足袋《しろたび》。

青あおと剃《そ》りあげた坊主あたまへ御納戸色《おなんどいろ》の焙烙頭巾《ほうろくずきん》をかぶり、白絹の襟巻《えりまき》というい、い、いでたちで、躰《からだ》が大きいだけに、実に堂々たる風采《ふうさい》であった。（中略）

たっぷりと入った用意の心付けをわたし、

「通りがかりに寄って造作をかける」

悠然として上等の履物をぬぐ。

――仕掛人・藤枝梅安「梅安晦日蕎麦」

◉彦次郎が元締めに騙《だま》された。本当に悪いやつは、殺しを依頼したほうだったのである。元締めと仕掛人の間には、「この世に生きていては害をなす人間」だけを殺すという法度がある。それを裏切ったわけだが、もし断れば、彦次郎は殺されてしまう。唯一の友を守るために元締めを殺す決意をした。そして、元締めが待つ料亭へ、「どこぞの知られた医者」を装って出かけていくのだった。御納戸色は、ねずみ色がかったあい色、焙烙頭巾は、僧などがかぶることが多かった。

昔もいまも、料亭や旅館の女将《おかみ》は、履物を見て客の懐具合を判断するという。だから、梅安も、足元まで気配りをしたのだろう。男にとって、靴は、ただ足が入ればいいというものではないのである。

自分に合う基調の色というものを一つ決めれば、あとは割合にやりやすいんだよ。

……………………ネクタイ

長髪のヒッピー風でも何でも、そういう恰好《かっこう》をして本当に似合うかどうか、まず鏡をごらんなさいというんだ。

自分のおしゃれをする、身だしなみをととのえるということは、鏡を見て、本当に他人の眼《め》でもって自分の顔だの躰だのを観察して、ああ、自分はこういう顔なんだ、こういう躰なんだ、これだったら何がいいんだということを客観的に判断できるようになることが、やはりおしゃれの真髄なんだ。

——でも、自分を冷静に第三者の眼で見るというのは、なかなかむずかしいですね。つい、自分では甘い見かたになってしまって……。

だから、そういうことは何も訓練なしでただやってるだけじゃ駄目でね。やっぱり映画を観《み》るとか、小説を読むとか、いろんなものを若いうちに摂取していれば、自然にそういう感覚というのは芽生えてくるわけですよ。

アーネスト・ボーグナインみたいな、あんなすごい顔をした迫力のあるやつが出てきたら、彼が、いったいどんなものを着ているか、と。それで、ああ、こういうものすごい顔にはこういうものが似合うんだなとか、あるいはケーリー・グラントならケーリー・グラント、これはこういう恰好似合うなあ、ネクタイいいなあとか、そういうのを自然に覚えるでしょう、映画を観れば。おしゃれというのは、そこから始まるんだ。

人間は自分のことはわからないものです。だけど、まず、そういうふうにして自分の顔と躰をよく見きわめ、それを基準にしていくことが肝心なんだ。単におしゃれのためだけじゃなくて、いろんな面で自分というものを自分で見つめて、客観視することができるようにする訓練、これが大切なんだよ。

もう一つは色ね。色の感覚というのをみがいていかなければならない。絵心とまでいかないまでもね。

たとえば、セルリアンブルーのシャツを着て、ズボンもそういう色とする。それで赤い靴を履いたらマンガになっちゃう。そういう服装だったらやっぱり靴は黒しかない。茶なら黒に近い焦茶。明るい茶だとおかしくなってしまう。

だから、自分に合う基調の色というのを一つ決めなきゃいけない。そうすれば、あとは割合にやりやすいんだよ。ぼくは、このごろこそ紺も着るし黒も着るけど、昔はほとんど茶が多かった。だけど、ぼくの茶というのは黒い靴を履いてもおかしくないような茶にするわけ。茶の上着を着ても、ネクタイが黒ければ、黒い靴でいいわけだ。靴とネクタイは色を合わせないとおかしいんだよ。

むかし、階級制度下の日本では、どのような階級に属していようとも、大臣も大工も商人も帽子をかぶっていた。（中略）

この帽子は、やわらかくて厚い、黒の生地で、ツバがせまくなっていて、そこが、とても気に入っている。日本で、ただ一つのデザインの帽子だ。

もう一つは、手織りのホームスパンでつくられたハンティングである。

――夜明けのブランデー「帽子」

◉著者は、時代小説作家でありながら洋服の似合う人で、帽子も愛用していた。ここでは、もっとも大事にしている二つの帽子を取り上げて、それを手に入れたいきさつを書いている。一つは森田麗子という人がつくってくれたもので、小さな焦げあとをつくってしまってからも愛用しているものだ。そして、もう一つはいいハンティングがないとこぼした著者に、銀座にある老舗《しにせ》洋服店の店主・渡邊實がつくってくれたものである。著者のダンディズムは、頭のてっぺんから、足の先まで及んでいるが、それは、十代のころから培われたしゃれ心の賜物《たまもの》だろう。そこに、日本文化の真髄を見るのは私だけではないと思う。

――なお、本文中登場するアーネスト・ボーグナインは、いかつい顔の個性派男優で、アカデミー作品賞映画『地上《ここ》より永遠《とわ》に』（一九五三年）の主役モンゴメリー・クリフト演じるラッパ手をいじめぬく上官が印象的だった。かと思うと、やはりアカデミー作品・監督・脚色賞の『マーティ』（一九五五年）では、自分の風貌《ふうぼう》から女性に臆病《おくびょう》になっている肉屋という繊細な役を演じて、主演男優賞も獲得している。

持ちものというのは、やはり自分の職業、年齢、服装に合ったものでないとおかしい。 ……………… アクセサリー

眼鏡なんかの場合は、やっぱり自分の顔というものをよく見きわめて、それにはどういう形が合うか考えればいいわけだ。

同時にサングラスというのはどういうものかということを認識して……つまり、サングラスとは日射《ひざ》しの強い海浜とか山の上で眼を保護するためにかけるものでしょう、もともとはね。

それを冬でも、室内で、夜でもかけているわね、このごろ。それがファッションだというかもしれないけど、相手と話すときにサングラスをかけているということは、まことに失礼にあたるわけですよ、ぼくに言わせれば。

なぜ失礼かというと、サングラスでもって自分の眼の色を相手に見せずに、相手の眼の色だけをサングラスの底から見て話すということだからね。これほど卑《ひ》怯《きょう》な、無礼な話はないわけです。サングラスをかけるのはかまわないけど、そういうことを考えて使わないと、やっぱりおかしくなるわけだ。

それから、持ちものというものは、やはり自分の職業、年齢、服装に合ったものでないとおかしい。たとえば青函トンネルでヘルメットをかぶって工事をしているときに、ウォルサムでもカルチェでもすごい金づくりの時計をしていたらおかしいでしょう。工事現場で時間を見るときに必要な、役立つ時計でなくちゃね。

ということは、まず暗いトンネルの中で働いているんだから文字盤がはっきりしたものでないとまずいんだ。そうしたら、そのことを第一に考えて、それに一番合ったものを選ぶということがいいわけだ。

また、そういう青函トンネルを掘っているときに、ダンヒルの金ピカのライターを出してたばこに火をつけるということもおかしいよね。やっぱり百円ライターのようなものでいい。

だから、男の持ちものについては、そういうことでもって選んでいけばいい。そのときの自分に合わせて、そもそも何のためにその道具を持つのかということを基準にして。

——いわゆる「分相応」ということが大事なんですね、年齢なんかについても……。

むろんそうです。ガマ口の中に二千円しかなくて百万円の自動車を乗り回しているなんて、やっぱりみっともないでしょう。それと同じことだからね。

——案外、その辺のことになると気がつかないで分不相応なことをやってる場合が多いんですね。ほんとに小さな家に住んでいながら車を乗り回しているとか

……。二十歳ぐらいの男がカルチェのライターを仕事場で出したらおかしいということは一応気がつくんですけれども……。

　着ているスーツもイギリスの最高級の生地で仕立てたもので、靴もイタリアの何とかを履いている、それでカルチェのライターというんだったらわかるけれども、しかし、それでもおかしいわけだよ、若いうちは。本当に金満家のお坊っちゃんに生まれた人がやれば、それはピタリと板につくからおかしくないと思うけど、そういうお坊っちゃんというのはまずいないわけでしょう、いまの日本には。

——全部舶来の一流品で統一するのは無理だから、せめてライターならライターだけはダンヒルの漆仕上げのを……という若い人が割合に多いんじゃないでしょうか。こういう一点豪華主義について、どうお考えですか……。

　だから、それがおかしいわけ。洋服はデパートの吊《つ》るしを着ていて、ライターだけそんなのを出したら、かえって貧相な感じになっちゃう。みっともないと思うんだな、ぼくは。

　変な話だけど、最近ことにおかしいのは時計だよね。時間を見るためのものじやなくなっちゃった。黒の文字盤に黒に近い針なんていうのがあるでしょう。あれでは時間がちゃんと見えないわけでしょう。年中時計を見て仕事をしなきゃならない男が、そういうアクセサリーのような時計を使っている……あれはやっぱりおかしいと思いますね。

男は気をうしなっていたが、桃庵の手当がすすむにつれ、凄《すさ》まじいうなり声をあげはじめた。

町人の姿なのだが、どことなく、

（ただの町人ではない……）

と、梅安は看《み》ている。様子が灰汁《あく》ぬけてい、着物の裾を端折《はしょ》った下に花色の絹股引《きぬばっち》、白足袋《しろたび》に麻裏草履《あさうらぞうり》といういでたちであった。（中略）

裏手からあらわれた梅安を、たとえ、おもんが見てもそれと気づかなかったろう。

継《つ》ぎの当った木綿《もめん》の着物に筒袖《つつそで》の半天《はんてん》を重ね、洗いざらしの股引《ももひき》に草鞋《わらじ》をはき、坊主頭へ煮しめたような手ぬぐいで頰《ほお》かむりをし、その上から菅笠《すげがさ》をかぶった藤枝梅安は、裏口に出ている小さな荷車を曳《ひ》いて歩み出した。(中略)

梅安は黄八丈《きはちじょう》の着物を裾長に着て、黒縮緬《くろちりめん》の羽織。絹の頭巾をかぶり、りゅうとしたいでたちであった。

彦次郎も、きれいに髪をゆいあげ、上品な身なりをし、どこぞの商家の主《あるじ》になりきっている。

——仕掛人・藤枝梅安「闇の大川橋」

◉肝臓を悪くした町医者、堀本桃庵の治療の帰り、梅安は、人が斬《き》られた現場に遭遇する。「アベ……」と言い残して死んだその男は御用聞きだった。やがて、元締めから、大身の旗本「阿部長門守」と主税之助の仕掛けを依頼され、その真相を探りはじめる。この二人が親子であり、身分をかさに、無辜《むこ》の庶民に理不尽な仕打ちをしたと知って、梅安と彦次郎は、仕掛けに取り掛かるのだった。

それぞれが自分の身分や年齢に応じた服装をしていた当時、人は、その姿を見て人物判断をしていた。分不相応な恰好はご法度だったのである。それは昭和まで痕跡《こんせき》をとどめていた。

梅安は、さまざまな変装をするが、それもこうした時代だから可能なのだろう。なお、黄八丈とは、黄色地に同系色で縞《しま》や格子を織り出した絹織物で、八丈島の特産品。

本はたくさん読んでいくうちにね、おのずから読みかたというものが会得できるんですよ。…………本

ぼくが本を読むのは千差万別ですよ。あらゆるものを読んでますよ。それはやっぱり時代感覚にね、ある程度遅れまいとする気持ちからじゃないかと思うね。ことに時代小説は、チョンマゲの古い時代のことを書いているわけだから、古い

感覚で書いたらなおさら読まれないものね。だから外国映画を観たり、外国の小説を読んだりするんですよ。

まあ、それで新しい時代感覚というものが身につくかどうかしらないけど、しないよりはいくらかね……ぼくの場合は別に努力してそうやっているというより、本当に自分の楽しみで見ているだけなんだからね。

——何か特別の池波式読書術とか速読法というようなものがあるのでしょうか……。

たとえば翻訳小説を読むでしょう、推理小説か何か。ぼくの場合は、飛ばして読むのはいけないけれども、斜めにずうっと読んでいけばいいんですよ。時間がないのにたくさんの本を読もうと思えば、それしかないわけだ。それとは別に熟読する本というのもむろんあるけどね。

本をたくさん読んでいくうちにね、おのずから読みかたというものが会得できるんですよ。ここは大事なところ、ここは斜めに読んでいってもかまわないところと、おのずと勘でわかっちゃう。

飛ばして読むというより、事実退屈で読めないという部分はあるんですよ、たとえばノーマン・メイラーの作品でもね。向こうの大作家のものだからって、必ずしも日本人の体質に向いているとは限らないわけだよ。それを熱中しちゃって、外国小説をまねしたようなやりかたで日本人が小説を書くでしょう。読むほうはたまらないやね。

日本人というのは感覚の国民だから、理屈の国民じゃないんだから……芝居の稽古《けいこ》でも向こうは三月《みつき》も半年もやって初日をあけるから素晴らしいというわけだ。それでこそ本当の芝居の稽古だと。日本でも新劇は一カ月稽古しなければ駄目だとかいうわけよ。

だけど、日本の場合は、一つの芝居を三月も稽古したら飽きちゃうんだよ。演出家にも感動がなくなっちゃうし、役者も同じこと。日本の国民というのはそういう体質なんだから、昔から。

その試合について、秋山大治郎が父の小兵衛へ語るや、

「負けてやれ」

即座に、小兵衛がいった。

大治郎は、呆《あき》れて父を見やった。

――剣客商売「勝負」

◉秋山大治郎が、試合をしなければならなくなったのは、その相手を指南役として採用しようとしている藩の採用条件が、大治郎との試合に勝つことと言ってきたからである。若い大治郎にとって父の言葉は思いがけないもので、納得がいかないのだった。結果として、大治郎は負けた。譲ったのではなく、気力負けで本当に負けたのだ。が、わざと負けたにちがいないという風評に、相手は再試合を申し込んできた。

世の中は、正論だけでは面白くないものだ。いわば、真剣にやらねばならない部分と、斜めに眺めなければならない部分がある。それは、体験を重ねていくうちにわかっていくものなのだろう。再試合で、勝つチャンスを外した大治郎は、少しだけ何かを会得したのかもしれない。

若い時代に、いろんなものに首を突っ込んでおくことですよ。……………………絵

気分転換がうまくできない人は仕事も小さくなってくるし、躰もこわすことになりがちだね。会社でもいやなことばかりに神経を病むような人は、やっぱり躰をこわしてくると思うんだよ。

さりとて神経が太いばかりだったら、何ごとも駄目なんだよ。太いばかりだとばかになっちゃう。隅から隅までよく回る、細かい神経と同時に、それをすぐ転換できて、そういうことを忘れる太い神経も持っていないとね。両方、併せて持っていないと人間は駄目です。

昔、戦国の豪傑といわれる人は、みんな神経が細かい。織田信長も、徳川家康

も、秀吉もね。だけど細かいばかりじゃなくて、もう一つの神経を持っているわけだよ。だから英雄豪傑になれるんだ。

そういうことはすべて、少年時代からのいろんな経験とか、それから成長するまでのあらゆることが全部作用してくるからね。だから、成長した大人になってからそうしようと思っても、なかなかそうはならないし、自分でもって自分に合ったやりかたでそれを開拓していくよりほかしようがない。

まあ、とにかく大学を終わって社会に出るまでの若い時代に、いろんなものに首を突っ込んでおくことですよ。そうすれば、気分転換のケースをたくさん持つことになるんだよ。若いうちからいろいろなものを貪欲《どんよく》に吸収しようとしている人ほど、世の中へ出てから気分転換をすることがうまくなるわけ。

その肝心なときに麻雀ばかりやってる人は……麻雀じゃ気分転換はできないですよね。勝ったらできるだろうけど(笑)、負けたらできないんだよ。いやな気分になるだけで。それに時間がかかり過ぎる、麻雀というのは。

だから、たとえば大学を卒業して銀行なんかに入るとするわね。そういう人が、学生時代に音楽に趣味を持っていて、いろいろ聴いていた。あるいは絵に趣味を持って絵かきになるつもりはないけど、楽しみに描《か》いてもいたし、よく見てもいた。あるいは一所懸命、本を読んでいた、と。そういうふうにいろんなことをやっていた人だったら、銀行員であっても、家へ帰って気分転換がスムーズにできる。

銀行なら銀行、役所なら役所にいて、いやなことがあって、むずかしい問題を抱えて悩んでいるときに、ひょいと本屋をのぞいたときに美術関係の本を見る、素晴らしい美術の絵を見る……そのことだけでも、ある程度、気分転換はできるわけですよ。街を歩いているときに画廊があれば、絵が好きだからちょっと入ってみて、絵を見ているうちに気分転換できるということもあるでしょう。

だから、そういうものが多ければ多いほど、街を歩いていても、どこへ行っても、本屋なりデパートなりで容易に気分転換ができるわけだろう。だから若い時分の何でもできるときに、貪欲にいろんなものを吸収しようとしたほうがいいんだよ。そうするとね、気分転換のみならず、いろんなほうに応用できるわけ。

銀行家になっても、絵が好きなら、金を借りに来た絵かきの気持ちも理解できるだろうし、ある人が今度画廊を開きたいんだけどその資金を融通してもらいたいと来たときに、絵にある程度理解がある銀行マンだったら、ああそうですかと。どういうような絵をお集めですかということが言えるわけでしょう。それはこうこう何々ですと。池波正太郎さんの絵を一つと（笑）。うん、あの人の絵ならかなりいいでしょうと。そうすれば、どのくらい貸したらいいかということも、ある程度わかってくるわけよ。

つまり世の中というのは、そういうふうになっているんだ。銀行家と絵なんて別のものだと考えては駄目なんだ。

老熟した小兵衛の思案は、おのれでおのれのこころのうごきまでも、操作することが可能であった。

自分がしてよいことと、しなくてもよいことが、たちどころにわかり、すぐさま行動へ移すことができる。

「年をとるとな、若いときのように手足はきかぬ。なれどそのかわり、世の中を見る眼がぴたりと定まり、若いころのように思い迷うことがなくなる。これが年の功というやつで、若いころにはおもってもみなかった気楽さがあるものよ」

と、いつか小兵衛が大治郎に語ったこともあった。

——剣客商売「雨の鈴鹿川」

◎秋山小兵衛の息子・大治郎は、自分の道場を持ったばかりの若輩者である。だから、事件に遭遇したとき、どうしたらよいのかわからないことも多い。大治郎はそういうとき、「父上ならばどうするだろう」と考えるのが常だった。神経のこまやかさと図太さを併せ持つ、小兵衛のような人間になるためには、若いときの精進が欠かせないのである。

男っていうのは、そういうところにかけなきゃ駄目なんだ、金がなくっても。

……………………万年筆

万年筆とかボールペンとかサインペン、そういうものは若い人でも高級なものを持ったほうが、そりゃあ立派に見えるね。万年筆だけは、いくら高級なものを持っていてもいい。

つまり、いかに服装は質素にしていても万年筆だけは、たとえばモンブランのいいものを持っているということはね。アクセサリー的な万年筆がふえたけど、そういうのは駄目。そうじゃなくて、本当の万年筆として立派な機能を持った万年筆はやっぱり高いわけだから、そういうものを持っているということは若い人でもかえって立派に見える。

——それは別に、物を書くのが仕事であるという人ばかりではなくて、職業と関係なく、ですか……。

職業とは無関係。だから、青函トンネルの工事をしている人が、そこでモンブランのいい万年筆を出して書いても、それはもう、むしろ立派に見えるわけですよ。そりゃあ万年筆というのは、男が外へ出て持っている場合は、それは男の武器だからねえ。刀のようなものだからねえ、ことにビジネスマンだったとしたらね、だから、それに金をはり込むということは一番立派なことだよね。貧乏侍でいても腰の大小はできるだけいいものを差していることと同じですよ。

気持ちとしてもキリッとするわけだよ、自分でも。高い時計をしているより、高い万年筆を持っているほうが、そりゃキリッとしますよ。

万年筆と、それから手帳なんかもそうだね。アクセサリー的なものは駄目ですよ。あくまでも実際的な手帳であって、たとえば外国製の本当の革表紙の手帳で、内容がいくらでも替えられるというのがあるでしょう。買うときは高いけれども、それを買って二、三年ぐらいして革表紙が黒ずんでいるようなものを使っているというのは、それはいいものだよ。

男っていうのは、そういうところにかけなきゃ駄目なんだ、金がなくっても。

——いかにも人の目につきやすい時計とかネクタイピンとかライターなんかじゃ

なくて、実際に仕事で使うもの、本当に武器になるようなものに凝らないとだめなんですね……。

うん。だからぼくなんかの場合でも、万年筆は何本あるか知らないけれど、おそらく五、六十本持ってるだろう。これはやっぱりそのくらいないとね。順番に使い回していくわけだから。

何も作家だから三十本も五十本も持ってるというわけじゃなくて、そういうようにしていかないとやっぱりねえ、ギシギシ音がするようなペンだったら、肩の凝りが違うんですよ。健康にも影響してくるからね。

毎年、年の暮れになると、使っていた万年筆の大掃除をして、やすませてあった万年筆も出し、来年に使うペンをきめる。

今年の私は、ほとんど、モンブランを使わなかった。

万年筆の職人として、

「知る人ぞ知る……」

岩本止郎さんがつくった万年筆五本を使用している。

——夜明けのブランデー「万年筆」

◉著者は、万年筆を五十本ほど持っていた。岩本止郎とは、直木賞受賞の折に玉川一郎から祝いにもらった、オノトの万年筆の傷みを見事に修理してもらって以来の縁だった。原稿を書きはじめるときと、気分が乗ってからとで万年筆を替えるというほど万年筆に固執し、仕事を終えると、ペン先をきれいにするのは、それを商売道具として大事にしているからだろう。剣客稼業を商売ととらえて、『剣客商売』を書いた著者ならではの心意気といえよう。最初の給料で万年筆を買ったという話も、著者の今日を予感させるようで興味深い。

毎日食べたものをつけておくだけでも、そのときにあったことを思い出すわけですよ。…………日記

日記も、忘れちゃいけないと思うことしか、いまは書かないね。毎日食べたものとかね。これはある程度、家内のためですよね。年中おかずを考えるのに困ったときに、ぼくのところへ来れば即座に答えてやることができる。

五月なら五月のところを開けてみれば、毎日食べたものが書いてあって、うまかったものにしるしがつけてあるんだから。三年間連用日記が三冊あれば、十年間全部見られるんだから。

そのときにそれだけ書いてあると、不思議なものでそのときにあったことを思い出すわけですよ。そういうことをして、衰えていく記憶力というものを衰えさせないようになるべくしているわけですよ。

それから三年間連用日記のいいところは、たとえばぼくが非常にお世話になったかたがいるでしょう。例を挙げれば山手樹一郎さんにはずいぶん親切にしても

らったんですよ。あのかたが亡くなったときには、その亡くなった日にそのことが書いてある。同時に、三年間だから、一周忌のときも書いてある。

山手さんが亡くなったのは三月だったかな。そうすると来年の二月一日のところに、

「三月何日、山手氏一周忌」

と、書いておくわけだよ。そうしておけば、毎日、日記を書いていって来年二月になったときに、あっ、そうだったと思い出すでしょう。そうしたら今度は日程表に「三月何日に山手氏一周忌」と書き込んでおく。こうすれば忘れないでその日行けるわけですよ。

三年間連用日記なら四回忌まで書けるわけだ。それを三月の命日のところに書いておいたのでは駄目なんだよ。その日になるまでわからないから。七回忌なら、次の日記になるから、そしたら次の一冊を買ったときにもう書いておくんだよ。

そこで、去年の今日を見ると、

「(一)タマネギ味噌《みそ》汁、炒《い》り卵、やきのり、飯(二)ロース・カツレツ、野菜サラダ、ウイスキー、煮〆、赤飯」と記してあるのみなのだが、この日の午後に、長年のつきあいをしてきたMが訪ねて来て、語り合ったことをおもい出した。

Mは私より十も年下で元気一杯のはたらきざかりだった。それが、一カ月後に急死してしまった。一カ月後の当日の日記を見ると、さすがに食べたものの記載はなく、

「Mの急死、愕然《がくぜん》たり」の、一行があるのみだ。

——夜明けのブランデー「食日記」

⊙その他、「食日記」から、老監督フレッド・ジンネマンの新作を観《み》に行ったこと、この老監督に比べて自分のふがいなさを嘆いたら、ワーナーの宣伝部の人が、「まだまだ、当分は大丈夫です」となぐさめてくれたことなどを、著者は思い出している。しかし、年齢とともにつらい思い出がふえていく。そろそろ

やめたいと思っているのだが、家人の献立のヒントにもなり、おいそれとやめられないでいるのだった。

人間を高等な生きものだと思い込むと、非常に間違いが起きてくるんだよ。

週刊誌

人間は動物だからねえ。それを忘れちゃうから、どうも方々で間違いが起きてくるんだな。

頭脳が比較的発達してるから高等動物になっているけど、肉体の諸器官というものは四つ足のときと変わらないんだよ。それを高等な生きものだと思い込んでしまって、そうした社会をつくろうとしていくと、非常に間違いが起きてくるんだよ。

だから、人間の昔からの知恵で、男と女の躰《からだ》についてとか、性欲についてとかいうことを、うまく古代から律してきたものを、一概に法律一つで葬り去ってしまうということの影響の大きさは計り知れないものがある。売春禁止法がまかり通っちゃった挙句、現実の社会はどうなったかというんだよ。

週刊誌にはヌード写真が氾濫《はんらん》し、セックスの記事がこれでもかといわんばかりでしょう。若い男でも、女でも、そういうものを見る、読めるという状態で、それで肝心なところを止めてしまえば、その吐け口がどういうところへ飛び出しちゃうかということは一目瞭然《りょうぜん》だろう。

そうなれば当然、中学あるいは高校の時代から動物と同じになって、猫だの犬だのと同じになり、お互いに飛びついて子どもをつくってしまったり、ということになるわけですよ。あるいは中絶するとかね。大変なんだよ、これ。十六か七でこういうことを何度もやると……そりゃあ若い間はいいけど、三十、四十になっていったとき肉体が傷つけられて、どういう結果を生むかという、悲惨な例がないといえないんだよ。

夏休みが終わったころ、婦人科の医者が女の中・高生で、大繁盛になるという、こういう世の中というのは女のはじらいをなくすと同時に、男の責任感をなくしちゃうわけよ。これが一番怖いんだよ。

男も女もいわゆる恥知らずになっちゃっているから、そういう男女が結婚して、亭主のいない隙《すき》に浮気をしたり、あるいは亭主に保険をかけておいて絞め殺したりということになってくるわけよ。

すべてセックスのはじめのあれに全部影響されてくるといえなくもない。そこのところをよくよく考えないとね。

それからねえ、若いときは性の欲望というのが盛んでしょう。だけど、性欲が盛んである一方、性欲を抑える力も盛んなんだよ。ただ抑えといて何もしないというんじゃしようがないんだよね。

ぼくは変な話だけど、海軍へ行くまではずいぶん吉原で遊んだけれども、軍隊へ行ってた三年間は一度も女遊びをしたことないよ。軍隊だからみんな予防具を渡して、行ってこいということなんだけど、全然行かなかったね。

だから、その旺盛《おうせい》なエネルギーというものを他へふり向けていって、若いうちでなければできないことをやらなきゃいけないわけ。セックスのみならず、他のギャンブルとか、モーターバイクとか、いろんなものをやりたいでしょう。だからこそ、若いうちに何かするべきことをしとかなきゃいけないいわけなんだよ。

たとえばドストエフスキーでもトルストイでも若いうちでないと読めないんだ、あの彪大《ぼうだい》な文学はね。もう四十になったら根気がなくなって読めないんだよ。若いうちはいろんなことができるんだから、ディスコで踊り狂って、女の子を公園に引っぱり込むとか、そんなことばかりしないで、その余剰時間とエネルギーを他のものにふり向けていかないとね。

将来の自分を高めていくための何か他のものにふり向けてやっている人と、放縦に踊り狂ってセックスしてやっている人との差は、必ず数年のうちに出てきちゃう。社会人になったときにね。一方は落伍《らくご》していくし、一方はどんどん上がっていくわけですよ。

平蔵も、これまでにずいぶんと、いろいろな体験をしているが、素人女を世話されようとしたのは、これがはじめてであった。

いまは、老中・松平定信《まつだいらさだのぶ》の風紀取締《ふうきとりしまり》がきびしくなる一方で、世の中の景気は悪い。そうなると却《かえ》って、さまざまな享楽《きようらく》が、ひそかにお上《かみ》の目をかすめておこなわれるようになる。(中略)平蔵が若いころには、このように素人女の世話を路上でもちかける、などということはなかった。

――鬼平犯科帳12「二つの顔」

◉見回りの途中で、妙な老人に出会った鬼平は、彼から素人娘を世話すると言われ、何かの手がかりになるかと、その話に乗った。結局、その娘の話から、連れていかれた家の怪しさに気づいた鬼平は、そこが盗人宿であることを突き止める。

それはそれとして、江戸時代の倹約令といい、昭和の売春防止法といい、人間をこうした法で規制することが無意味であることを、著者は鬼平の言葉を借りて言いたかったのではないだろうか。性にまつわる犯罪もふえている。抑えられれば抑えられるほど、人間の快楽への欲望は膨らむものなのである。

男の顔をいい顔に変えていくことが、男をみがくことなんだよ。…………顔

ぼくの話を聞いて本にすることは、それはまあ結構なんだけどね、ぼくは、ただ自分が体験したことを話すだけで、若い人たちに対しては、やはり生きてきた時代が違うから、それが役に立つかどうか……しかし、それでもいいからやれと言うんでやるわけだからね。

「自分はこういうふうに生きたい……」

とか、あるいは、

「人間はこういうふうに生きねばならぬ……」

とか、若いうちは割合そういうことを考えるものでしょう。少なくともぼくらの時代にはそうだった。人それぞれにロマンのようなものがあったわけですよ。だけど、現代《いま》ではだいぶ様子が違ってきているんじゃないか。ちかごろは小学生でさえ、「大きくなったら趣味を生かしたマイホームライフを楽しみたい」なんて言うんだそうだから。

これは結局、自分を賭《か》けるだけの生涯のロマンみたいなものがどこにも見つからないということだろうね。そういうものが今日だってないことはないが、やっぱり見つけられないんでしょう。

それは、感覚的にだんだん人間が鈍化している、ということがあるから。その一つの表れとして、パッと見た瞬間にいいなあと思う、俗にいうひとめ惚れ、そういうことがなくなっていますね。どうしてこんな世の中になってきたかというと、白か黒か、そういう決めつけだけがあって中間色がないから。

人間とか人生とかの味わいというものは、理屈では決められない中間色にあるんだ。つまり白と黒の間の取りなしに。そのもっとも肝心な部分をそっくり捨てちゃって、白か黒かだけですべてを決めてしまう時代だからね、いまは。

　こういう時代では、男の意地、夢、ロマンというようなものは確かに見つけにくいでしょう。むろん、その人の資質にもよるけれども。そこが戦国時代と現代の大きな違いといえるかもしれない。

　戦国時代の武将に「槍《やり》の勘兵衛」といわれたほどの槍の達人がいた。渡辺勘兵衛。これは織田信長の甲州攻略に、近江《おうみ》の小城主・阿閉淡路守《あべあわじのかみ》の家来として加わって抜群の働きをした。それで、大将・織田信忠から賞として名刀をもらったほどの男だ。ところが主人の阿閉淡路守というのはけちくさい小人物で、勘兵衛の手柄を心から喜んでやらない。あまつさえ、その名刀を自分に寄こせというんだ。こんな主人に仕えていられるかと、勘兵衛は淡路守に愛想づかしをして飛び出しちゃう。それからは槍一筋に自分のすべてを賭けて流転の生涯を送ることになる。

　そんな人生があったわけだ、戦国時代には。戦争が続いている時代には、腕の立つ強い人間ならどこでも喜んで迎えてくれる。だから、自分を正当に評価しないような主人には家来のほうから絶縁状を叩《たた》きつけても、すぐに次の主人が見つかったわけです。

考えてみれば、これは現代社会においても必ずしも通じない話ではないんじゃないの。勘兵衛の槍に相当するような、だれもまねのできない特技を身につけていればね。決して不可能なことではないと思うんだ、ぼくは。大企業に身を寄せて、ひたすら御身ご大切に、「休まず、遅れず、働かず……」というサラリーマンの処生訓を守っているだけでは、これはどうにもならないよ。夢とかロマンとかいうものは、だれかが与えてくれるものじゃない。自分で求め続けるものだからね。それでこそライフワークにもなる。

いまは、医者になりたいという人のほとんどは、それが一番手っ取り早く儲《もう》かる商売だから、でしょう。医学校を出た人が進んで僻地《へきち》へ行って働くなんていう話は聞いたことがない。僻地の自然の中で、本当に医者がいなくなって困っている人を助ける、これは興味を持ってやれば、これほど面白く有意義なことはないはずだ。毎日まいにちが多彩ですよ、あらゆる人間に接するんだから。それをやれば顔つきも変わってくるんだ、人間的に成長して。

やはり、顔というものは変わりますよ。だいたい若いうちからいい顔というものはない。男の顔をいい顔に変えていくということが、男をみがくことなんだよ。いまのような時代では、よほど積極的な姿勢で自分をみがかないと、みんな同じ顔になっちゃうね。

「おねがいでございます。今日は外出《そとで》をおやめ下さいますよう」

平蔵が、しずかに笑い、

「お前の、こころざしはうれしい。たしかに受けたぞ」

「では、おやめ下さいますのか?」

「さて……これが、お上《かみ》の御用なれば何といたす?」

「さ、それは……」

「出てゆかぬわけにはまいるまい」

「は……」

「久栄。よし、おれが身に万一のことがあっても覚悟の上ではないか。男には男のなすべきことが、日々にある。これを避けるわけにはまいらぬ……」

——鬼平犯科帳9「本門寺暮雪」

◉珍しく差し迫ったこともない平穏無事なある日、平蔵は知人の見舞いに出かけようとした。その支度に立った妻・久栄は、廊下に出た途端落ちて、真二つに割れた笄《こうがい》を見て狼狽《ろうばい》する。何か不吉な予感がして、夫の外出を止めようとした久栄に、鬼平は、こう言って男としての自分の生きかたを示すのだった。こうした鬼平の人となり、仕事への取り組みのすべてを見た一人が、「用心棒」の高木軍兵衛だ。鬼平とはどういう人かと尋ねられて、こう答えるのである。

「なんともいえぬお人だ。怖くて、やさしくて、おもいやりがあって、あたたかくて……そして、やはり、怖いお人だよ」

——残念なのは、本文中の、僻地に行こうとする医者がいないという著者の嘆きに対して、編者がその後たまたま会った素晴らしい医師を紹介できなかったことだ。千葉がんセンターの医長職を捨て、自ら望んで岩手県の陸の孤島といわれる寒村に三十年勤めたその医師の記録は、『無医村に花は微笑む』（将基面誠著・ごま書房）という本にまとめられている。著者がいまなお元気なら、ぜひ会っていただきたかった人である。

すべて五分五分という考えかた、これがやっぱり大事なんだ。……クセ

ぼくらの仲間でも締め切りが迫ってこないと書けないという人もいる。これは一種のクセなんですよ。だけど、それでは決して出来栄えがよくないと丹羽文雄さんも言っている。たとえ締め切り前の一日だけ自分の手許《てもと》に置いておくだけでも作品はましになる。読み返して手を入れることによってね。だから自分は一日だけでも余裕をとって書き上げる、と。これは実際、そのとおりだと思いますよ。締め切り前に出来上がっているものを、もう一度見れば、必ず直すところが出

てくる。それを直してから渡せば、あとから単行本にするとき何の手入れもいらない。

締め切りギリギリでやった仕事は出来栄えがよくないばかりでなく、自分の健康にも有害なんだよね。締め切りに迫られてやるのは綱渡りなんだ。そうじゃなくたって、ぼくらの仕事は綱渡りなんだ。そうすると健康を害してくるわけですよ、どうしたって。結局は、それが作品の質を低下させ、だんだん読まれなくなってくるということもあり得る。

ぼくは、甘い期待はしないで、つねに、

「最悪の場合を想定しながら、やる……」

という主義なんだ。小説ばかりでなく、昔からそうなんだ。性格でしょうね。それと一つには戦争を体験してきたからですよ。自分の国が思いもかけないようなふうになってしまって、人間の予測というものが絶対当てにならないということ。いいか悪いかということは別で、ただ、ぼくの場合はそういうようになっちゃった。

だから、直木賞の候補になったときでも、必ず入るなんて思ったことは一度もない。いつでも落ちることを考えてやるわけですよ。落ちることばかり考えてなぜ書くんだというけど、最悪の場合を想定しながら、自分のやるべきことであればやるんだよ。

小説家として食べていくようになりたいと思えば、直木賞に落ちたってやらなきゃならないんだ。ぼくは六回目に直木賞をとったんですよ。一回目、二回目、落ちたときでも、当時ぼくは新国劇の芝居を書いていて、大阪で稽古《けいこ》なんかしているでしょう。そこへ、落ちたことが新聞に発表になるわけだよ。そうすると、文芸部員がぼくの宿屋に来て、ぼくが脚本書いているのを見て、よく書けますねえと驚いていたものです。落ちたショックで何も手がつかないでいると想像してきたんだね。

いつも五分五分、入るかもしれないし落ちるかもしれない。その率は五分五分であるとぼくはつねに思っているから。ということは、戦争に出ていって戦死するかもしれない、あるいは生き残って帰ってくるかもしれない、その率は五分五分なんだ。すべてが五分五分なんだ。

そういう人生観、というのも大げさだけれども、だから落ちたからといってガックリはしない。もう、すぐその日から仕事が出来る。その考えでいかないと、時間というものがロスになってしまう。なぜというに、ぼくらと一緒に出ていった連中が、一回落ちると二年ぐらい書けないで、みすみす才能がある人がずいぶん討ち死にをして、ついに世に出られなかった人が多いんだよ。

だから、すべて五分五分という考えかた、これがやっぱり大事なんだとぼくは思うね。

その前夜、倉田屋へ泊った秋山小兵衛は、

「お福、今夜は気が昂《たか》ぶって、よく眠れぬかも知れぬが、それで、ちょうどよいのじゃ。わしも、こうしたときには、なかなか寝つけない」

「まあ、先生でも、でございますか?」

「当り前のことだ。明日は三人もの荒くれどもを討つのだからな。わしだって怖い」

そういわれて、何やら、お福は落ちついた。

——ないしょないしょ 剣客商売 番外編「谷中・蛍沢」

◉越後の国新発田で生まれた薄幸の少女・お福は、不思議な運命の糸に導かれ、いまでは江戸有数の水茶屋の女将《おかみ》になった。その間、故郷での奉公先の主人、江戸で仕えた旗本の隠居、自分を江戸に連れ出してくれた老爺の三人が同じ男に殺された。お福はひそかに彼らの仇討《あだう》ちを決意する。武器は、旗本の隠居に習い覚えた手裏剣だ。彼女の決意を知った小兵衛は、静かに助太刀《すけだち》を申し出るのだった。これはその前夜の会話であるが、小兵衛に「わしだって怖い」と言わせているのは、勝負は時の運、五分五分であるという著者の思いが隠されている。なお、この長編は、お福という一人の少女の成長物語でもある。

4

つき合う

約束の仕方から男を上げる女とのつき合い方まで

百円を出すことによって、本当に「ありがとう」と言っているんだということがわかるわけなんだよ。

……………チップ

自動車のチップのことを話したでしょう、前にも。タクシーに乗って、メーターが五百円だったら六百円やる。

「どうもご苦労さん。これは結構です……」

と、百円チップをやることによって、やったほうも気分がいいし、もらったほうも気分がいいんだよ。

もらったほうは、自分はわりに親切でもないんだけど、とにかくこの程度の運転をしていれば、お客さんが百円余計にくれるんだなとわかるわけでしょう。

これは、もう、大変なことなんだよ。たとえ百円であっても。本当にいやなやつだったらやらないやね、百円。ぼくだってやらない。だけど、普通にある程度やってきたら、必ずやりますよ。ぼくは子どものときからそうなんですよ。

それは、当時の大人たちが、みんなそうだったから、そういうふうにするのを見ているからそうなるんですよ。

ぼくのおじいさんでもだれでも、ぼくが間もなく七つ、八つのころから、たとえば浅草へ行って牛屋《ぎゅうや》へでも行くでしょう。そうすると、たとえ五十銭でも必ずチップをやる。まあその当時は必ずチップをやらなきゃいけないわけだ。そういうところの女中というのは、チップだけで生きているわけだから。いまのようにサービス料というのは付かないんだから。だから、必ずやるのがしきたりで当然のことなんですよ、ぼくの時代にはね。それで、ぼくのみならず、どこの子どもでも、そうするものだと覚えているわけですよ。いまは、サービス料というのが付くから、チップをやらなければやらないでも一応済む、ということになっていますがね。

今度、タクシーに乗ったときにだね、やってごらんなさい。運転手が、お客さんが百円くれたとなれば、たとえ百円でもうれしくなって、

「どうも済みません、ありがとうございます……」

と、こう言いますよ。

そうすれば、その人がその日一日、ある程度気持ちよく運転出来るんだよ。それでおおげさかもしれないけど、交通事故防止にもなるんだよ。少なくとも、次に乗るお客のためになっているわけだ。みんながこういうふうにしていけばだね、一人がたとえ百円であっても、世の中にもたらすものは積みかさなって大変なものになるわけなんだよ。どんどん循環してひろがっていくんだからね。

だから、そのことを考えて実行することが、

「男をみがく……」

ということなんだよ。

ということは、根本は何かというと、てめえだけの考えで生きていたんじゃ駄目だということです。大勢の人間で世の中は成り立っていて、自分も世の中から恩恵を享《う》けているんだから、

「自分も世の中に出来る限りは、むくいなくてはならない……」

と。それが男をみがくことになるんだよ。

ところが、こういうことを言うと、誤解されがちな世の中なんだ。サービス料

を勘定で払っているのになぜ、余計にチップをやらなきゃいけないんだ、そんなことする必要ないじゃないか、だからサービス料というのが加算されているんじゃないか、という世の中になっている。ぼくの言うことがなかなか通じないというのはそれなんだよ。

サービス料がある場合はチップはいらないというのは、これは理屈です。だけどね、こういうことを言うとまた誤解されるかもわからないが、かたちに出さなきゃわからないんだよ、気持ちというのは。

いや、この運転手さん、よくやってくれた、「ありがとう」と言ってね、ただ「ありがとう」だけじゃ駄目なんだよ。まあ、駄目ということはないけれども、ただ「ありがとう」なんて言うのはだれだって安売り出来るんだから、言葉だけは。

そこへ百円出すことによって、ああ、この人は本当に「ありがとう」と言っているんだということがわかるわけなんだよ。その百円は、その人が身銭を切って出したものでしょう。だから、運転手に気持ちが通じる。そこに意味があるということですよ、たとえ百円であってもね。

うっかりこういうことを言うとね、もう本当に誤解されやすいんだよ。いや、笑いごとではなく。

「ちょいと、不二楼《ふじろう》へ寄って行こう」

と、小兵衛がいい出し、なじみの料亭［不二楼］へ立ち寄り、筆紙を借りて手紙をしたため、

「この手紙をな、四谷《よつや》の弥七《やしち》へとどけてくれぬか。すまぬが明日の朝、起きぬけに駆けつけてくれ。駕籠《かご》をたのんでくれてもよい」

不二楼の若い者へ、こころづけと共にわたした。

——剣客商売「鷲鼻の武士」

◎小兵衛の若い友人・渡部甚之介がやってきた。小兵衛は、彼の顔に何やらただならぬものを感じて緊張する。だが、やがて好きな将棋を指しているうちにそれも消えた。しかし、約束の刻限を過ぎてしまったと狼狽《ろうばい》した甚之介は、小兵

衛に思わぬ話を打ち明けた。彼が師範代を務める道場に浪人連れでやってきた身分卑しからぬ侍から果たし状を受け取ったというのである。その武士に不審なものを感じた小兵衛は、甚之介を息子・大治郎のもとにかくまい、親しい御用聞きの弥七に調査を依頼する。

現代の日本には、こころづけ（チップ）の習慣がほとんどない。だから、外国へ行って、もっとも厄介なのがこのチップだ。タイミングがわからないので、スマートに渡すことができない。しかし、著者は、「ありがとう」という気持ちがあれば、それほどむずかしいものではないというのである。

一所懸命このネクタイを選んでくれたんだなあ
ということが通じれば、それはそれでいいと思う。

……………贈りもの

贈りものをするというのは、なかなかむずかしいことだ。よくネクタイを贈るでしょう。原則的にはネクタイというものは、締める当人が自分で選ぶべきものなんだ。自分の締めるネクタイを他人任せにしてるような男じゃ駄目ですよ。

だから、ネクタイを贈る場合は、その人のスーツを知ってなきゃ贈れないんだよ。どういうスーツを持っているか、どういうスーツを好んで着るかというようなことまでね。服装とかおしゃれというのは、結局、バランスが大事でしょう。いくら高価なエルメスだの何だの舶来のネクタイをもらったって、それに合うスーツがなかったらどうにもならない。

だけど、そういうネクタイをもらって全然うれしくないかというと、そんなことはない。それはその人の気持ちがわかるから、やっぱりうれしいわけです。贈ってもらうことはうれしいわけだからね。それに、あんまりそんなこと言ってたら何も贈りものなんてできないよ。一所懸命このネクタイを選んでくれたんだなあということが通じれば、それはそれでいいと思う。

緒形拳が風呂の手桶《ておけ》を贈ってくれるんだよね、毎年、ぼくのところに。あれも考えるんだね（笑）。

――風呂桶ですか……なるほどねえ。よほどいつも考えてなかったら、そういう贈りものは決して思いつかないと思いますね……。

思いつかないよね。暮れに毎年送ってくる。風呂の手桶って年中使っているものだから、一年ぐらいたつとタガがはずれたり、腐ってきたり、変になってくるわけだ。それで緒形も風呂桶がいいと思うんでしょう。これなんか変わった贈りものの一例だろうね。

ぼくがもらった贈りものとしてうれしかったものの一つは、痛風のとき、ある人が持ってきてくれたステッキだね。なかなかないんですよ、がっしりとした太いのが。ぼくもびっこひきながら歩いてデパートに行ったんだけど、細いのばかりでね。だから、それがありがたいわけだよ。探し出すのに骨を折ったろうと思うからね。

――贈りものもむずかしいですが、手紙を送るのはもっとむずかしいですね、われわれにとっては……。

手紙を書くのは話しているように書けばいいんだ、その人と話しているつもりになって。初めてのとき、手紙を見ただけで会ってみようかという気になることもあるし、逆の場合もある。だから、手紙は大事だね。書きかたは、結局、気持ちを率直に出すことですよ。

あくまでも相手に対面しているというつもりでね。そのときにおのずから全人格が出ちゃうわけだ。それで悪ければしようがない。

ひどいのがあるんですよ、このごろ。全然知ってもいない編集者で、何月何日までに随筆を何枚、テーマは何々で、謝礼はいくら、と書いていきなり送りつけてきてね。返信用のはがきが入っていればまだいいんだ。それならこっちが、ちょっと躰《からだ》をこわしていいてできませんと書いて出してやれるけど、それすら入ってない。それで締め切り日が迫ってくると、お願いした原稿はできましたでしょうかなんて電話をかけてよこす（笑）。ときには電話もかかってこないで、はじめから原稿郵送用の封筒が入っていて、ここに入れて送ってくれというようなのもあるんだ。そんなのはもう全然何もしやしない。返事も出さない。

見ると、夕飯の仕度をしているらしい。

「よけいなことをしないでおくれ」

強くいいはしたが、さっぱりと掃除の行きとどいた座敷にも、おみねが恐る恐るととのえた膳《ぜん》の上のものにも、おせんは満足をした。

汁に入れた剝身《むきみ》を、老婆が、わずかに身につけていた銭で買ったとき、

「よけいなことをしたもんだねえ」

わざと冷たくいい、さらに、

「そんなに元気なら、明日は出て行っとくれ」

あびせかけ、おせんは、別の部屋に床をとって、さっさと寝てしまった。

——「おせん」

◎下谷・広小路界隈《かいわい》の「けころ」と呼ばれる下級娼家《しょうか》で働いていたおせんは、いまは妾《めかけ》として、のんきで自堕落な生活を満喫していたが、かつてかかわりのあった男・弥四郎が恐喝で捕まったとき参考人として取り調べを受けた。かかわ

りなしで解放されたものの、ある日、弥四郎の妻が義母・おみねを引き取れと乗り込んできた。行き場を失っておろおろする老婆にふと哀れみを覚えて一晩だけ泊めてやることにする。汁に入れた剝き身は、おみねの精一杯の感謝のしるしだった。おせんは、結局、女中として置いてやることにした。その年の夏祭り、永代橋が人の重みで落ちた。その人ごみの中に、祭り見物に行っているはずのおみねを捜す半狂乱のおせんの姿があった。数年後、親娘とおぼしき二人の女が小さな屋台店を出した。それは、島流しになった弥四郎を待つ、おせんとおみねだった。

一所懸命つくりましたという誠意のしるしとして、自分で描いた絵を必ず入れるんです。 ……………………年賀状

便箋《びんせん》とか、封筒とか、こういうものも自分用にあつらえるということはいいと

思う。何も物書きでなくてもね。こういうものもやっぱり男の武器なんだから。

ぼくの場合、原稿用紙なんかはいろいろ色を変えたり、マス目をちょっと変えたりしてあつらえますがね。これは一つの気分転換のためですよ。『夜明けの星』のように主人公が女のときは赤い線のを使うとか、それはわざとそうしてるわけじゃなくて、自然にそうなってくる。『真田太平記』を書くときは、ちょっと灰色のものでやる、と。

一つのものをずうっと一つだけやっているんじゃないから、気分転換が必要なんだ。だから、昼間『夜明けの星』を書き、夜『真田太平記』を書くとなった場合、そういうことが役に立つんです。

それと同時に、一応商品だから、ぼくにしてみれば。だから絶対ぼくは鉛筆では書かないですよ。ちゃんと万年筆がありますからね。だけど、小説を書いてて商品だなんていうのは抵抗感じるって人もあるんだよ。金をもらって作家業というのに抵抗感じると。それだったら雑誌社に原稿を渡して金をもらわなきゃいいんだよ。

やっぱり雑誌社に金を払わせて、その金をもらって、その雑誌を読者が買って、その読者のおかげで原稿料が入るということになると、これは「商売」ですよ。まぎれもなく。

手紙の話を前にしたけど、年賀状なんて出さないという人も、まあそれは一人一人の考えかたによるわけだけど、年賀状を出すなら出すで、やはり自分なりのものを考えないとねえ。会社で刷った年賀状のところにてめえの名前を書いて出すようなのは男じゃないんだよ。

年賀状は全部手書きでなきゃいけないという人もいますよ。だけど、ぼくなんかの場合、千枚近くも出すわけですからねえ。それを全部何から何まで手書きというのは不可能です。

だからぼくは、一所懸命この年賀状をつくりましたという誠意のしるしとして、自分で描《か》いた絵を必ず入れるんです。印刷して年賀状をつくる以上は、それだけの誠意をこめてつくらなくてはいけないと思うから。

亡母も無口なひとで、両親と娘の三人が、ほとんど一日中、語り合うこともなくすごした日もある。

それでいて、せまい家の中には和気がみちており、たがいに見交す眼《め》の色で、すべてが事足りたのである。

少女の静が縫い物をしていて、わからないところがあると、傍にいる母を見やる。

すると、母はうなずいて微笑し、黙って、教える。(中略)

父が、あるとき、静にこういったことがある。

「言葉に出してしまうと、人の真実《まこと》というものが、却《かえ》って通じなくなってしまうものじゃ」

——剣客商売「頭巾の武士」


◉小兵衛は、外出からの帰途、二人の浪人に襲われ見事に撃退した浪人が、孫・小太郎を連れての散歩中に出会った男であることに気づく。彼も幼女を連れていたので親しみを感じて目礼を交わしたのだった。その見事な剣さばきに興味を持ったものの、それ以上の詮索《せんさく》をするつもりはなかった小兵衛だがそうもいかなくなった。彼を襲った浪人が覆面武士と密談をし、息子・大治郎の名が出たと知ったからである。そして、覆面武士は、襲われた浪人のかつての主筋で、なぜか大治郎の命を狙《ねら》い、その刺客として彼を選んだのだということが判明した。彼を襲わせたのは、その腕前を試すためだったのである。

引用した文章は、彼が妻と幼女と営む家庭の温かさを描写するためのものである。妻・静は、自分の静かな満ち足りた家庭生活を、結婚してのちも踏襲し、和やかな家庭を築いていたのである。著者は、この項で、原稿を書いて報酬を得ている以上、これは自分の商売であると述べている。いわば、言葉を駆使するプロだということである。プロであるだけに一層、言葉の持つ限界を知っていたと思う。それは、科学者が研究すればするほど、科学の限界を悟るようなものなのではないだろうか。

他人に時間の上において迷惑をかけることは非常に恥ずべきことなんだ。

約束

　この「時間」の問題というのは、もう一つ大事なことがある。それは、自分の人生が一つであると同時に、他人の人生も一つであるということだ。自分と他人のつき合いでもって世の中は成り立っているんだからね。だから時間がいかに貴重なものかということを知っていれば、他人に時間の上において迷惑をかけることとは非常に恥ずべきことなんだ。

　われわれの仲間で、年に二回ある会合に必ず毎回遅れてくるのが二人いるんだよ。作家が五人集まるんだけど、いつも遅れるのは同じ二人。Aという人は都心から遠いところにいるが決して遅れない。タクシーだのハイヤーを使うと途中で渋滞したりする恐れがあるから、電車で一時間前に着いて、三十分くらいその辺でショッピングしたりして本を見たりして、定刻三十分前に来る。Bもだいたい同じようなこと。Cもそうなんだ。他の人に迷惑をかけてはいけないという気があるんだ。

ところが、あとの二人のうちの一人は絶対に間に合ったためしがない。たまに遅れてくるのはわかるよ。それが毎回なんだ。こういう人は、自分が持っている時間、自分の生きている時間の貴重さもわかっていないんじゃないかと思いますね。そういうことにルーズなのが作家の特権であるというのは大間違いだ。作家がそういうふうなものだとなってきたのは、だいたい戦後からです。

昔の作家はそんなことをしないわけですよ。夏目漱石でも泉鏡花でも、あるいは森鷗外でも島崎藤村でも、自分の生活でたとえ女狂いをしていようと、会合のときに時間に遅れるなどということはしていない。みんなきちんとしていますよ。自分は何をやったっていい。だけど、他人との接触においては一人の社会人としてふるまわなければならないわけだ。

そういうことが出来ない人間は、結局、小説は書けないんだよ、いいものは。なぜといえば、小説の中に出てくる人間は社会人を書くわけなんだから。だから、間が抜けてかすみ食ってるような人間ばかりが出てくることになる。一時はその作家の売り出したときの名前で愛読者は読むでしょうけれども、われわれが読めばおかしな人間ばかりが出てくることになってしまう。

これは変な話だけれども、このごろ、大学祭に作家を招《よ》んで講演させるわけだ。ある人が引き受けていくと、定刻の三時になっても幹事もだれも現れない。講師の控室もないから、会場の隅に坐《すわ》っていると、ポツポツと学生が入ってきて、三時三十分ごろにやっと幹事が来て、では始めてくださいというわけだ。しようがないから講演して帰ってきたそうだけど、後味が悪い、もう二度と引き受けないといってました。昔の学生だったら決してこういうルーズなことはしなかったね。礼儀というものを知っていたから。

だから、「いまの若い者は……」とすぐに言うけど、人間として当然やるべきこと、たとえば約束の時間を守るというような、当たり前のこともできなくなっているということは事実。そういう例を挙げていったらキリがないんだよ。

それでぼくは大学のああいうところに頼まれても行かない。みんな断っちゃう。万が一、そういういやな思いをしたくないからね。学校のあれと、もう一つ、役人のそういうあれは行かない。役人がこれまたどうしようもないんだから。無礼千万なんだ。ひどいものですよ。

ぼくなんかは、会合の日、行く前はほとんど仕事をしない。仕事をしていて遅れたら大変だと思うから。

若い友人がやって来て、

「結婚したい相手が見つかったのですが、どうも、いま一つ、物足りないところがありまして……」

と、いう。そこで私が、

「向うだって、君のことをそうおもっているよ。それで君は、相手の女《ひと》の何処《どこ》が、もっとも気に入ったの?」

「いそがしいのに、約束の時間を、きちんとまもることです」

「上出来。それでいいよ。一つだけでもいいところがあれば充分だ」

——夜明けのブランデー「時間について(二)」

◉私は、仕事のうえでの締め切りなどは、当然ながら徹夜をしてでも守っているが、結婚前の妻を一時間以上待たせたことが何回かあり、いまもってそれを指摘されると頭が上がらない。著者の教えにもかかわらず、恥ずべきことをくり返してきた自分の不明を恥じるばかりである。

電話のかけかたでだいたいわかるんじゃない、女は。……電話

「遊べる女」の見分けかた、こういう質問は何もいまさら、ぼくが答えることはないと思うよ。もう、いまは、だれでもみんな遊べる女じゃないの？　この間も新しい婦人雑誌が出たけど、「処女を失った話」というのを写真入りで、十八、九のお嬢さんがみんな堂々としゃべっているんだからねえ。年寄りのぼくが話をする必要はないでしょう。もっと肝心なのは、男にとって結婚とは何かということ

とだ。

――それについてはまず、結婚するときはこういう女は絶対いけない……というような、女の見分けかたがあると思うんですが、いかがでしょうか……。

そういうことなら、女というものは結局、いままで話をしたように、自己本位の考えかた、生きかたという面において強いわけだから、自分の女房にする場合にまず考えることは、

「女の中では、他のことにも割合に気が回る女か、どうか……」

ということです。そういう女なら一番いいわけですよ。それはどういうことかというと、たとえて言うならば、

「公衆電話にいて、人が待っているのもかまわず延々とやっているような女は駄目」

なんですよ。

そのときにだね、

「あ、いま後ろへ人が来ましたから、これで失礼をいたします……」

とか、

「公衆電話ですので、またあとでおかけします……」

とか言うような女だったら、まず間違いない。一事が万事だから。電話に限らず、たとえていえばそういうことなんだ。だから、そういうことに気がつく女が一番いいわけです。

それから、電話を切るときにだいたいわかりますね、どういう女であるか。

「話が終わるやガチャンと切るような女は駄目」

なんだ。もっとも、男でも電話はひどいよ、いまはね。電話のかけかたというのは、ぼくらは小学校のとき、先生に教わっているわけですよ。その当時、クラス五十六人のうちで電話があるというのは四人ぐらいだね。旅館をしているとか、そういうところだけ。あとはたいてい、下町だから電話なんかないですよ。

そのころの小学校の先生というのは、一番ぼくが覚えているのは、尋常二年のときに、九州出身の先生が、もう亡くなりましたけど、薩摩隼人《さつまはやと》でなかなか厳しくて、ずいぶんなぐられたけどね、便所へ入ってお尻《しり》の拭《ふ》きかた教えてくれるんだよね。チリ紙出してね。それはいまだに覚えていますよ。

電話のかけかたを教えてくれたのは、そのころ師範出たばかりの二十三の先生だ。君たちは、まあうちに電話がない人もいるだろうけれども、将来、外へ出て社会人になったり、あるいはいろんなことをやるようになると、電話のかけかたというものを知らないでは済まない、そういうとき、電話のかけかたというのはこういうふうにするのだと言ってね、黒板に電話の図面描いて教えたもんですよ。

電話を置くときは、話が済んだらこうやって耳に当てたまま、なんか向こうが言い残すことがあるかもしれないし、先に切ったりしちゃあれだから、ちょっとの間そのまま待って、それで向こうが何も言わなかったら、こう、ゆっくり、静かに受話器を下ろす……というようなことをね。子どもの時にやられると、やっぱりそうやって覚えているもんだね。

だから、電話のかけかたでだいたいわかるんじゃない、女は。

「このごろ父上は、いささか、お前を甘やかしているようですね」

「とんでもないことをおっしゃる。つまりは辰蔵を、ひとり前にあつかって下さるようになっただけのことです」

「あきれたことを……」

久栄が平蔵の居間へ行くと、佐嶋忠介をはじめ同心や、密偵・伊三次《いさじ》などがあつまってい、何やら緊迫の空気がただよっているではないか。

久栄は、すぐに引き返した。


——鬼平犯科帳12「白蝮」


⊙鬼平の息子・辰蔵は、なじみの女から、女の顧客の話を聞かされる。興味を引かれた辰蔵は、その女の帰りを待ち伏せして斬《き》りかかり、逆に白扇を投げつけられて退散した。翌日、座興のつもりでその話を父にすると、父親の顔が光った。鬼平得意の勘が働いたらしい。父から褒美をもらったという報告をする辰蔵を見て、甘やかしすぎると、久栄は思った。

夫に文句の一つも言うつもりだったのかもしれないが、その場の雰囲気を敏感に悟る久栄は、このシリーズの中で一貫して良妻賢母として描かれている。たとえば、探索に疲れて帰ってくる密偵を見れば、身分の上下を斟酌《しんしゃく》することなく、茶碗《ちゃわん》になみなみとついだ酒を自らの手で差し出すことも平気なのだ。密偵たちの忠実な働き方には、鬼平の魅力もさることながら、久栄の力も預かっている。

これではまさに、「結婚は人生の墓場……」ということになっちゃう。……………結婚

びっくりしたのはね、もうこれは十年以上ばかり前の話だけど、九州の宮崎へ講演旅行に行ったんだよ。講師がぼくとだれかと三人ぐらいで、飛行機に乗ったらあとはみんな新婚なんだよ。ちょうど結婚式のシーズンだったわけだ。

グーッと飛行機が上がると、チュッチュッ、チュッチュッというキッスの音が

飛行機の中に充満してるんだ。君、これは本当なんだよ。それでぼくは週刊誌の人に、

「一回、結婚シーズンのときに、新婚旅行に同乗してルポをやってごらんよ」と、言ったぐらいなんだよ。

スチュワーデスも真っ赤になって下を向いて歩いてくるんだよ。一人や二人じゃないんだからね、乗っている新婚がみんなやっているんだ、チュッチュッ、チュッチュッ……。異様な音がするんだよな。

それくらいならまだいいんだよ。女を窓際に坐らせるわけ。そして男が寄り添って話しているうちに、女のおっぱいを出して、さわってこんなことやってるんだよ。

一度乗ってごらんよ。すごいよ。最近はどうだか知りませんけどね。とにかくそれは十年前だよ。

それで宮崎のホテルに着くわけだ。ぼくたちもそこへ泊まるわけだよ。ホテルじゅうに新婚のあれが充満しているわけですよ。

朝になって、エレベーターに乗り合わせるだろう。そうするとね、こういう頸《くび》のあたりにかみついたのか何をしたのか、二人ともすごいんだよね。一つや二つじゃないいんだよ。キスマークというのか、歯の跡がついているんだからねえ。

そして食堂へ行くでしょう。たとえば給仕がスープを持ってくる。まず一つ持ってきて新妻のところに置くでしょう。ホテルの場合は女性優先だからね。そうすると、亭主のが来ないうちにもうスープをやっているのさ。

翌朝は買い物だ。土産《みやげ》売り場で買って、亭主が両方の手に大きな紙袋をぶら下げて、フーフー言ってる。

「ねえ、もうそんなに買わんでもええやないか」

なんて言ってるんだよ。

「なに言うてんの、ドケチ！」

なんて、すごいんだよ、もう。

そのホテルの支配人が言うには、備えつけの大きいタオルをみんな持ってっちゃうんだって。持っていくものだと思って持っていくのかね、あれは。持ってっちゃえば得だと思って盗んでいくのかどうかはわからないけど、とにかく持ってく人が多いんだってさ。

それで、帰りの飛行機にもまた乗っているわけだよ。女も男も白眼《しろめ》を剝《む》き出して寝てる。そのみっともなさね。

「行きはチューチュー、帰りはグーグー」

これが新婚旅行なんだ。まあ、これは十年前の話ですがね、いまの新婚旅行のお客さんはどうなんだろうね。

とにかく「結婚式」が最大の人生目標なんだね。新婚旅行から帰るまでがすべてなんだ。それから後はもう、家のローンも払わなきゃならない、子どもを産まなきゃならない、楽しむこともお互いそんなに出来ない、何年たてば係長になって、何歳でうまくいったら部長になって、こうこう……と、もうわかっちゃってる感じで、結婚式と新婚旅行だけがもう最大に楽しむものというか何というか、そこで人生最大のハイライトはおしまいになる。

これではまさに、

「結婚は人生の墓場……」

ということになっちゃう。


庭で、しきりに鳥が囀《さえず》っている。

女中が去ったとき、藤枝梅安が、

「鳥は、巣づくりにいそがしい」

つぶやくようにいった。


――仕掛人・藤枝梅安「おんなごろし」

◉さる料亭の後妻殺しを頼まれた梅安は驚いた。他の元締めからの依頼で、そこの先妻を手にかけたのも自分だったからだ。仕掛人は元締めを信じて、仕掛ける理由を詮索しないのが掟《おきて》だが、先妻の評判がよかったことを知って、今度ばかりは、依頼人がだれだったのかを聞かないわけにはいかない梅安だった。それが後妻とその情夫と知った梅安の心は複雑だ。そして、その元締めからの仕事はこれっきりにしようと決意するのだった。ことが終わったとき、梅安は彦次郎に自分の生い立ちを打ち明けた。父親が亡くなったとき、号泣した母親が、翌日にはけろりとして男と逃げた。今度殺した後妻は、そのとき母親が連れていった妹だというのである。

鳥でさえ、巣づくりに懸命だというのに、人間は動物以下なのかと、梅安は、暗澹《あんたん》たる思いで、鳥の営みを眺めたのではないだろうか。著者は新婚旅行のカップルを眺めつつ、彼らのつくる家庭がどんなものになるのかを心配しているのである。

まず、一カ所か二カ所。そうすれば宿の人も顔なじみになって落ち着くということですよ。

……新婚旅行

新婚旅行というのは水いらずがいいわけですよ。あんまり人がガヤガヤいなくて、二人きりというのが一番いい。ということになれば、観光シーズンをはずすべきだろう。

だから、結婚式は春に挙げても、何も結婚式のすぐあとに行かなくたっていい

んだよ。ホテルで結婚式をしたら、そのホテルで一晩ぐらい泊まることだけにし

ておいて、それでもって、春に結婚式をしたら六月の梅雨どきに東北のほうへ行

くとか、冬だったら志摩のほうへ行くようにしてさ、それが一番目的にかなって

いるわけでしょう。結婚式で緊張して疲れている、すぐそこで、何も行くことは

ないんだよ。

――結婚式の時期が集中していますからね。それで新婚旅行の行き先も宮崎とか、メッカみたいなところがあって、そこへ一番混んでいるときに行くから「水いらず」どころではなくなるわけです……。

そうでしょう。かえって食堂なんか新婚ばかりだろう。女同士が、あっちより

こっちの服装のほうがよかったとか、向こうはダイヤモンドをつけているとかや

るわけだ。何にもならないよ、これでは。

落ち着いて水いらずがいいのだから、結局、新婚旅行の場合は、あちこち転々と飛んで歩かないほうがいい。別府へ来て、由布院《ゆふいん》へ来て、熊本へ泊まって、長崎へ行ってというのは、やっぱり落ち着かないでしょう。

それでもそういうふうにする人が多いというのは、前にも話したように、いまや結婚というのは人生の最大のハイライトになっているから、この機会にできるだけ回ってしまおうという気があるから、それをやるわけだよ。

でも、今回はあまり飛び歩かずに、のんびり過ごそう、いつかは長崎へ行こう、鹿児島へ行こうということで、そのためには夫婦で努力して金もためてということになれば、いずれまた行けるわけ。

だから新婚旅行の場合は、まず一カ所か二カ所。そうすれば宿の人も顔なじみになっていいサービスしてくれるし、落ち着くということですよ。そういうことが何もわからないで、ただもう駆けずり回って、毎朝早起きして、お土産の荷物でフーフー言って、すっかりくたびれきって帰ってくる……これでは思い出にもならないじゃないの。

陽《ひ》の光りは、すでに夏のものといってよかった。

境内《けいだい》の木立から、一つ、二つ、三つ……と、松蟬《まつぜみ》の声が鳴きそろってくるのを、鍼《はり》医者の藤枝梅安は、うっとりときいていた。

この来宮大明神《きのみやだいみようじん》の社《やしろ》は、伊豆の国・熱海の町外れの山腹にある。

梅安が腰をおろしている石の向うに、社の鳥居が見え、彼方《かなた》には、山下の湯けむりがのぼり、相模《さがみ》湾の海が空間へ青い紙を貼《は》ったように横たわっていた。

鍼医者でありながら、熟練した仕掛人（殺し屋）でもある藤枝梅安が、江戸をはなれて熱海の温泉《ゆ》へ来てから、すでに二十日ほどが経過していた。

——仕掛人・藤枝梅安「殺しの四人」

⦿梅安は、一つの仕掛けがかたづくと、江戸を離れ、温泉で放心の日々を過ごすことを常としていた。それは、休養でもあり、次の仕事への英気を養うことでもあった。そんな梅安を偶然見かけたのは、かつて梅安が「許せぬ女」として殺した女の夫だった。江戸に帰った梅安は、江戸までつけてきたこの侍とその仲間を警戒しつつ、彦次郎の協力で次の仕事にとりかかる。その仕事は、れっきとした大名の家来だから、手間もかかりむずかしい。二十日という長逗留《ながとうりゅう》が必要だったわけだ。

著者は新婚旅行についての私見を述べているが、それはおそらくどんな場合にも共通する旅の極意だろう。定宿を持って何日もい続けるという旅は、私もしてみたいと思っている贅沢《ぜいたく》の一つである。

戦国時代よりも、女を蔑視しているというのはむしろ明治からですよ。

………………亭主関白

たとえば、ぼくが帝国劇場の芝居を引き受ける。どうせやるなら、その芝居を通じて、大勢の人にも、ちょっといろいろなことをさせてやろうじゃないかと考えることに通じてくるわけ。

それで、じゃ、だれだれに芝居というもののプロセスをルポさせて本一冊出させよう、若いカメラマンに写真撮らせよう、役者たちも名前がしっかり出て本に残るだろう……ということを考えるわけですよ。

こういうふうにやれば、ぼくが帝国劇場の芝居をやるという一つのことが、二つにも三つにも生きてくるでしょう。

だから、君たちも一つのことをやるときにね、どうせやるんなら、

「自分だけじゃなくて、もっといろいろな人が利益になるようなことはないか……」

ということをまず、考えたらいいんだよ。それは前に言ったように、つまらないことで、お湯うめてる間に体操したって別になんでもないけど、そういう躾の訓練をやってるうちに、自然に頭がそういうふうに働くわけだよ。

ことにこれは女に大事なんだよ。女に大事だからこそ、家事は女の受け持ちになったわけだ、昔から。そうすることが女を立派にすることだということがわか

っているからね。そうじゃなくて、女は子どもを産み、家事は男がしたほうがいい、そのほうが世の中はうまくいくということだったら、あるいは男が家事をやるようになっていたかもしれないいんだ。

だけど、男と女の肉体の上からいってそれが一番適当だと思うから、そういうふうになっているわけだよ。

それで、女は家庭において蔑視《べっし》されていなかったわけだからね。有名な織田信長のあれじゃないけれども、女のちから、女の責任というものを男が重みを持って感じていたわけだから。だから、いまの人が、戦国時代の女はしいたげられていたなんてきめつけて言うのはとんでもないことで、女を蔑視しているというのはむしろ明治からですよ。

だから、おかしいんだ。明治維新によって日本が新しい近代国家になったというところから、まあいまほどひどくはないけど、戦後の日本がアメリカのウーマンリブを表面だけ取り入れたのと同じようなかたちになっちゃったわけなんだよ。

江戸時代の人というのは、封建時代即《すなわ》ち古いということで十把ひとからげで言われているけど、女が蔑視されていたなんていうことはないんですよ。男はみんな、ちゃんと女の人を立てていた。それはどういうことかというと、ぼくの家内の母が亡くなったでしょう。そのときにまず、

「お父さん、香奠《こうでん》いくらにしましょう……」

と、家内が言う。

そうすると、ぼくは、

「いや、香奠はいくらにしたらいいか、お前言ってごらん」

と、まず家内に言わせるわけですよ。

すると、家内は、

「このくらいでどうでしょうか……」

と。

「いや、それじゃお前の母親だから少ない、その倍にしなさい」

ということで、ぼくがそう言えば、家内も自分が重んじられていると思うでしょう。こういうことは何もぼくだけじゃない、みんなそうだったんですよ、昔は。

「亭主関白」というのは、そういうことなんだよ、本当の意味は。だって、そうでしょう。自分一人だけ、わがまま勝手なことを言って威張りちらすというのは、亭主関白でも何でもない。ただ自分本位なだけですよ。

「いかがなさいました?」

妻女の久栄が、熱い酒をはこんで来て、

「浮かぬ御様子……」

「そう見えるか」

「はい」

「ひとつ、もらおうか」

「今夜は、御出張りなさいませぬので?」

「この雨では、夜鷹《よたか》殺しにも出られまい。そもそも、雨ふりには夜鷹が休みときまっている」

「よう御存知で」

「ばかめ」

「ほ、ほほ……ゆだんもすきもなりませぬゆえ」

「よい年齢《とし》をして、なにを申すか」

「もはや、今年も残りすくのうなりましたなあ」

「いかさま。この一年、早かった……」


——鬼平犯科帳4「夜鷹殺し」

◉江戸の町で夜鷹が連続して殺された。通り一遍の捜査しかしない役人たちに怒りを感じた平蔵は、探索に乗り出す。なかなか進展を見せない捜索につかれた平蔵を出迎えた妻・久栄は、酒としゃれた会話で、夫の気分を和らげようとする。夫婦の言葉遣いは確かに違うが、そこに女性蔑視の臭いは皆無だ。

[五鉄]の小座敷に待っていた彦十へ、熱い酒を与えつつ、「夜鷹殺しのうわさ。とっつあんも知っていような?」「知るも知らねえも……」と彦十が盃《さかずき》を叩《たた》きつけるように置いて、「近ごろ、こんな腹が立つこたあ、ござんせんよ。ねえ、

旦那《だんな》。夜鷹も将軍さまも……」白髪まじりのあたまを振りたてて言いかけるのへ、平蔵すかさず、「同じ人間だからな」という老密偵、彦十との会話にもそれがうかがえる。

たくましく生きる女性たちへの応援歌といってもいいのではないだろうか。

明らかに浮気の場合は、女房は自分が本当の妻という自信がある限り絶対それを表に出さないよ。

……………………浮気

浮気というのはどういうことかというとね、たとえば女が一緒に寝ていびきをかいたり、おならでもしたら、もう、いやになっちゃうんだよ。ところが、恋人というのはまた違うんだよ。そうなっちゃうと、「あばたもえくぼ」になっちゃう。おならしようが、いびきかこうが、我慢するようになっちゃうわけ。

だけど、男の場合、だいたい三十前に一応結婚するでしょう。そして十五年、二十年たって四十代ぐらいで、妻がいて、その他に女が出来るという場合が少なくないんじゃないの。そういうことになった場合、どうして困るかというと、結局、恋人が女房に張り合うからですよ。

「私と、奥さんと、どっちが大切なの？」

ということになるわけ。

あるいは、出来るだけ自分のほうに惹《ひ》きつけて、奥さんと離婚させて、ついには完全に自分のものにしてしまう。どうかね、いま。

――恋人である女のほうで、本当にその男が好きだったら、何としても別れさせて自分のものにしたいと、そう思うのがまた自然なんじゃありませんか……。

それは、女の一般論として、自然だ。だけど、なかにはそうでない女も一万人に一人ぐらいはいると思うんだよ。つまり、この人の女房になれなくてもいい、とにかくこの人のことが自分は好きだったんだからしようがない、と。それはまあおそらくいないでしょうけど……。どうだい？

——そういう女性が見つかれば、まさに理想的だと思うんですが……まず、いないんじゃないですか……。

自分は、何年続くか知らないけど、ばばあになったら養老院でも何でも行って死んでしまえばいいんだから、いまは好きな人といたいんだ、会えるときだけ会えればいいんだという人は、やっぱりいないだろうね、いまの世の中では。いても、まず顕微鏡で探さなきゃ見つからないだろうと思うんだよ。

その場合、結局、張り合うわけだ。それで男が苦しむわけだ。当然ながら仕事のほうにも影響してくる。それが怖い。

明らかに浮気であってそれ以上でない場合は、女房というものは自分が本当の妻という自信がある限り、

（あ、うちの亭主、浮気してきたな……）

と、思っても、絶対それを表に出さないよ。たまにお父さんがどこかの娼婦《しょうふ》と、一晩遊んで帰ってても、そういうことはあんまり重大視しないんだよ、昔の女ならね。

本所へ来てからの平蔵は、一通りの文武の道を教えこまれたが、十九歳の春に、出村町の高杉道場へ入門したわけだ。

この間……。

義母の波津は、平蔵をいじめぬくことなみなみではなかった。

何かにつけて、

「妾腹《しょうふく》の子」

だといいたてる。

――鬼平犯科帳1「本所・桜屋敷」

◉平蔵の父・宣雄は、四百石の旗本の三男として生まれた。武家の次男、三男は、養子の口がない限り、部屋住みとして実家の厄介ものになる。宣雄は、長兄が死んで甥《おい》の代になってからも部屋住みに甘んじていたがやがて、下女のお園と恋仲になった。豪農であるお園の実家でのんきに暮らすことを選んだ宣雄だったが、甥が子のできないまま死んだために家を継がねばならなくなった。しかも遺言により、姪《めい》との結婚までも余儀なくされた。妻となった波津は、娘が一人生まれただけで後継ぎに恵まれなかった。そこでやむなく平蔵を引き取ることになった。

波津の継子《まま こ》いじめは、自分が男児に恵まれなかった悔しさもさることながら、夫がいまだに、心労で死んだお園に心を残したままでいることが大きな理由だったのではないだろうか。妻として愛されている実感を持てなかった波津もまた、「お家」の犠牲者だったのである。

アダムとイヴ以来、男と女が出来て以来、女の肉体のほうが強いわけなんだ。……………女

女の強さというのは、たとえばうちの母みたいに離婚して、子ども二人抱えて、女一人でもって死にもの狂いになって働くというときは、強いわけですよ。他の

ことは何も考えないから。ああ、自分はこんなに働いたら病気になっちゃうんじゃないだろうかとか、行く先どうなんだろうなんて、そんなことは考えない。二人の子どもと自分の親を面倒見るだけでもう、夢中になっちゃうわけですね。

逆に、男が子ども残されたら、映画の『クレイマー、クレイマー』じゃないけど、どうしようもないよ。そういうところの強さというのは、実にもう全然違うわけですよ。それはやっぱり、肉体的なものなんだよ。根本的な肉体の力なんだ。昔からそうなんです。アダムとイヴ以来、男と女が出来て以来、女の肉体のほうが強いわけなんだ。

女というものが本来、いかに強いかということについて、たとえて言えば、こういう話がある。

織田信長が安土の城にいたときに、ある日、馬に乗って、国友村という鉄砲鍛《か》冶《じ》のいるところまで用事があって出かけた。自分が直接に何かしなければならない事情があったんでしょう。それで、自ら馬を飛ばしてパーッと行ったわけだよ。

その留守にだね、お城の侍女だの老女、そういう女たちが、怖い殿様がいない、信長はことにうるさいからね、うるさい殿様がいない隙《すき》に気晴らしをしようというんで、外へ出て、酒飲んでお花見かなんかやったんだよ。ところが予想外に早く、殿様が帰ってきちゃった。

で、どういうことになったかというと、そのとき信長は、侍女の責任者を何人かクビ切った。死刑にしたんだよ。だから、なんというむごい殿様だ、むごい大将だろうということをいまでも言うわね、人によっては。女ばかりじゃなく、男も言いますよ、そういうことを。

叡山《えいざん》の焼き討ちなんかでも、焼き討ちして坊主みんな殺戮《さつりく》したでしょう。すぐ、残酷な男だというわけだよ。

だけど、これはやっぱり違うんだよ。女がいかに恐るべき生きものであるか、女というものがよっぽどしっかりしてくれないと、自分の国は守りきれないということから、男同様の責任を取らせたんだよ。信長の真意はそこにあったわけです。

つまり自分がよそへ行っていれば、それは城内に男もいるだろうけど、女はなおさら城を守らなきゃならない。いつ、だれが突然奇襲してくるかもわからないという戦国時代なんだから。

殿様がいないんだから、なおさら気を引き締めて留守を守らなくてはいけない、というふうに女がなってくれなければ困るから、責任取らせてクビ切ったわけだよ。

女というものが責任を取ってくれなければ家は成り立たない。女がしっかりしてくれなければ大名の家も成り立たない。一国の政治も成り立たない。だからこそ責任取らせている。逆説的に言えば、それだけ女を重視しているということなんだ。少なくとも男と同等に買っているわけなんだよ。

その当時は、信長のみならずだれでもみんな、そのことをわかっているから、なんにも言わない。信長の処置を当然のこととして受け止めていた。それが、いまになってみると、残酷な大名だというふうになってくるわけだ。

そのころ……。

京都郊外・山端の茶屋［杉野や］の奥座敷では、茶汲女のおとよが、京の三条柳馬場に店舗をかまえる松屋伊左衛門という中年男に巨大な乳房をもてあそばれながら、

「あ……こないなこと、わたし、はじめてどす……一度にやせてしもうた」

甘い声で、ささやいている。

——鬼平犯科帳1「老盗の夢」

◉老盗賊の喜之助は、いまは引退して昔の子分が商売をやっている京都の家に身を寄せている。大女好みの彼は、亡くなった妻の墓参りの帰りに、大女のおとよに出会った。彼女によって男の機能を甦《よみがえ》らせたことに欣《きん》喜雀躍《きじやくやく》し、おとよとの甘い生活を夢見る。

そのために金が必要となり、江戸に出て最後の「おつとめ」を試みるが、手下の裏切りにあい、あえない最期を遂げる。京都で帰りを待つはずのおとよは、喜之助に小遣いとしてもらった二十両を若い山伏に貢いだ。山伏がどこかへ消

えてしまったあとは、したたかに違う男にくっつき、喜之助に言ったのと同じセリフで、男の心身をとろけさせているのだった。

――なお本文中の『クレイマー、クレイマー』は、自立に目覚めた妻に去られ、七歳の息子を抱えて家事に四苦八苦する夫をダスティン・ホフマンが演じた、アカデミー賞主要五部門受賞作品。

はずみでもって男が飛び出しちゃったら、男は意地を張って帰らなくなる場合がある。……………運

事実、女が家の中をうまくおさめてくれない限り、男の仕事も伸びないし、むしろ駄目になってくるんです。

変な話だけれども、ぼくの知っている人にもいますがね、一人、名前は言えませんけどね。奥さんと長く連れ添って、子どもも何人かある人が、突然、バーだ

かクラブの女と一緒になっちゃって、とうとう離婚したわけですよ。その女をもらったことによって、男の運が下がってきちゃった。だから、怖いですよ。その女をもらったがために、仕事の関係の人たちが寄りつかなくなっちゃうわけですよ。

だから、「男の運を落とすのは女」なんだよ。

また女の運を落とす男もいるわけだね。

だれでもそうなんだ。男の場合は、どこの家庭でもそうなんだ。男の運を落とすのは半分ぐらい、女に責任があるわけです。

つまり、ぼくの知っているこの人も、女房と別れるつもりはないんだよ。ただ、三十年も連れ添っている女房とはちょっと違った、別の若い、ちょっと知性的な感じの女がバーにいたということで、心を惹《ひ》かれたわけでしょう。まあ、浮気というやつだ。

ところが、この浮気が結局、わかっちゃったわけだよね。そのときに夫婦喧嘩《げんか》になるわけだよ。それはどこでもそうでしょう。その、

「夫婦喧嘩のはずみ……」

男というのがもっとも恐ろしいわけだ。奥さんがガーッとやっているうちに、男は勝手にしろ!! と飛び出しちゃったわけだよ。そうしたら、こっちの女は、待ってましたとばかり、これをたちまち抱き取っちゃった。

男は身一つで飛び出してきたもんだから、金は持ってない。そうすれば、その女が全部自分で立て替えて、ホテルならホテル、どこかへ一年なり置くということになると、この女にはもう頭が上がらなくなると同時に、当然正式に女房と別れなきゃならない破目に追いこまれるわけだ。

こうなったらもう、浮気どころではなくなる。だから、男もそうだけれども、たとえば奥さんになった人に、その夫婦喧嘩のはずみというものをよほど考えてもらわないと、そういうことになるということですよ。

はずみでもって男が飛び出しちゃったら、男というのは意地を張って帰らなくなる場合がある。だけど根本は、男というのはいま言ったように、子どもまでいるんだから、別れるつもりはないんだ。

ところが、奥さんのほうにしてみれば、浮気とは見ない。いつ自分が追い出されて、その女を入れるかもしれない……というのが女の気持ちなんだから。まあ、その気持ちはわからなきゃいけないんだ、ものの当然なんだからね。

だけど、その気持ちというものがお互いに夫婦でわからないから、結局はずみでもってこうなったら最後、もうあとへ戻らないということになる。だからね、男というものは、よほどの悪妻でない限り、何十年連れ添った女と離別して他の女と結婚するということはまず、あり得ないんだから、そこのところを妻たる者は考えていないと、カーッとなったときに、もののはずみで取り返しのつかぬことになる、と。

こういう話をね、新国劇のヴェテラン女優で香川桂子っているでしょう、それは自分より年下の亭主持っているんですよ。その香川に、こういうことが起きたらいけないと思って、一度だけ、ぼくが話をしたことがある。そしたら香川は、これはよく聞いておかなくては、と言っていたよ。何もその亭主が浮気したからとかいうんじゃないよ、これは。真面目《まじめ》に仲よくやってるからいいわけだけど、将来のことにおいて、夫と年齢《とし》が違うしということもあったから、言ったわけですよ。

「それよりも久栄。お前もまた、むかしの男に何と強《きつ》いまねをしたものだ」

「存じませぬ」

「怒るな。いやみを申したのではない」

「申しあげまする」

「何じゃ?」

「女は、男しだいにござります」

――鬼平犯科帳3「むかしの男」

◉平蔵の妻・久栄は、平蔵が京都へ行って留守のとき一通の手紙を受け取る。かつて久栄を陵辱したあげく、吉原で強盗を働き逃げていた男が、盗人一味に頼まれて平蔵の養女・お順を誘拐したうえ、久栄に呼び出しをかけてきたのだ。

単身乗り込んだ久栄は、「ほほう……昔の男を、なつかしゅうは思わぬか」「はじめての男は、忘れられぬものというが……」などなどの暴言を吐く男に、「ばかなことを」と応酬し、長年仕える下男に跡をつけさせて夫の部下に知らせる。こうして、お順は無事に助け出され、「むかしの男」の仲間である盗人一味を捕らえることに成功する。

平蔵は久栄の過去をすべて知ったうえで、久栄と結婚したのだった。女も男も、相手しだいで、運を落としたり拾ったりするものなのである。

怖いものだと思う。本当に顔まで画一化されてくるのね、生活が画一化されてくると。

……………心遣い

昔のように、男は外で働き、責任を持って女房子どもを養う、女は家事を引き受けて男が安心して外で働けるようにするということであれば、何かのときに男が家事の手助けをするのは、それだけで充分、愛情の表現になる。ほんのちょっとした男の心遣いを、女のほうも敏感に感じとるわけだよ。

だけど、いまのような世の中になると、みんな普通になっちゃって、女のほうがなんにも感じなくなっちゃう。

男のほうが台所をやったり、赤ん坊の子守りをしたり、買い物に行ったりすることが、いまは日常茶飯事。当然のようになっているでしょう、若い人たちには。その人たちはもう、愛情の表現というよりも「お茶を飲むように当然のこと」としているわけだ。そうすると、生活のどこにも劇的なものなんかないということだよね。

すべて男と女の問題がそうであると同様に、いまの世の中全部が劇的な世の中ではなくなっちゃったんだよ。

だから人間がつまんなくなっちゃった。

いま、貧富の差も身分の上下の差もないでしょう。デモクラシーはそうでなきゃいけないということなんだ。

それは結構なことかもしれないけれども、多彩な人生がないから全然ドラマチックじゃなくなっているわけだよ。

当然、夫婦というものだってドラマチックじゃないわけよ。

ぼくらの時代のほうがまだしもね……。たとえばぼくは小学校しか出ていないでしょう。昔はそれが普通で、よっぽど金を持っている人でなかったら大学まで行けない。けれども、普通の小学校しか卒業していない人で、政治家になって相当のところまで行った人がいますよ。ぼくの師匠の長谷川伸なんか、小学校も三年ぐらいしか行ってないんだからね。いまは、そうした面白味がないでしょう。

みんな同じように大学へ行き、みんな同じようにサラリーマンになる。だから顔まで同じになってきちゃう。

怖いものだと思う。本当に顔まで画一化されてくるのね、生活が画一化されてくると。だから、いまは、パッと見たくらいじゃ、どういう人なのかわからない場合が多いんじゃないの。着るもの、化粧のしかた、口のききかた、そういうもので職業とか育ちかたが間違いなくわかったもんだ、男も女もね。

伯父《おじ》の家には「かねちゃん」という女中がいた。

おっといけない。いまは「女中」などという呼び方は、たとえ、その下にさんがついてもいけないのだそうな。

フランスなんかでも、タクシーの運転手も「ムッシュー」なら客も「ムッシュー」となり、カフェの給仕まで「ムッシュー」になってしまった。

こうした世の中になって、さて、その世の中がよくなったかというと、悪くなる一方なのだからどうしようもない。

階級制度を叩きこわして、自由、民主、男女同権の叫び声が高まる現在、得たものも大きい……のかも知れないが、失ったものも大きいのである。

――夜明けのブランデー「秘密」

◉著者の心に残る「かねちゃん」は、どう言い方を変えようとも女中さんであり、主人である伯父夫婦は、彼女たちが結婚するときは嫁入り道具をととのえ娘のように送り出した。あくまで「かねちゃん」は女中としての顔をしていたし、伯父は主人の顔を持っていた。そこには何の不都合もなかったのである。伯父の家に居候をしていた著者は、両者の中間に位置し、「かねちゃん」からの信頼も厚かったという。

5

生きる

仕事の仕方から理想の死に方まで

楽しみとしてやるのでなかったら続かないよ、どんな仕事だって。努力だけじゃ駄目なんだ。

現代の若い人たちを見ていて感じることは、

「プロセスを大切にしない……」

ということだね。

医学生なら学校を出た途端に、まず博士号を何とかしてとっておこう、そればかりを考えて途中の段階を何も考えない。プロセスによって自分を鍛えていこうとか、プロセスによって自分がいろんなものを得ようということがない。だから道が見つからないんですよ。

小説を書く志望の人でもそうですよ。すぐ流行作家になりたい、原稿を金にしたい、それでやっているんだから、いまや。そこへ至るまでのプロセスが本当は一番大事なんだ。

医者や作家志願に限らず、サラリーマンだって、やっぱり同じことが言えるんじゃないの。何だか教訓じみていやだけれども、下の仕事、人のいやがる仕事をもっと進んでやるということ、それが大事なんじゃないかと思いますよ。実際ね、やってみればこれが一番面白いんだよ。上ばっかり見て、昇進試験だ何だというようなことばかりに気を使っていると、結局駄目なんだ。ぼくは一時、役所の仕事をしてましたがね、自分では一度も昇進試験なんて受けなかった。それよりも自分の、そのときの仕事を楽しむ、そういうふうにしていたね。楽しむことによって、おのずから次の段階が見つかってくるものですよ。

サラリーマンでは仕事を楽しむなんてとても無理、毎日同じで、単調で、と思う人もいるかもしれないけど、そんなことはない。考えてもごらんなさい、ぼくは役所の、それも税金の徴収係をしていたんだ。そんな仕事でさえ「楽しむ」ことは可能だったんですから。

差し押さえ係なんて、あんないやな仕事はないと思うけれども、それをぼくは、いろいろとやりかたを考えて、実際、楽しみにしたものだ。たとえば、日銭の入る店があるでしょう。そういう店には、

「毎日来てあげるから、一日千円でも二千円でも、私に寄こしなさい……」

これなら相手は払いやすいわけだよ。毎日必ず来る、毎日必ず少しずつ払う、そうするといつの間にかきれいに済んじゃう。毎日必ず払ってくれるとわかっていれば、あらかじめ領収書をつくって行ける。自転車を店の前へ停《と》めるとサッと払ってくれて、こういうふうだから、他の連中が一日中かかるところをぼくはお昼で終わっちゃう。それでいて成績は五番と下がらない。

どうしても税金を払わない床屋がいた。あるとき行ったら、ちょうど忌中。奥さんが亡くなって。ぼくは自分の金、五百円だったか包んでね、何も言わずに黙って置いて、その日はそのまま帰ってきた。翌日、一番に来ましたよ、床屋が、税金払いに。

何も役所の仕事なのに自分の懐の金を払うなんて……と思うでしょう。ところが、結局得をするのはぼくのほう。自分の受け持ちの町内が決まっているわけだ。で、ぼくが自転車で回っていくと、床屋が店から飛び出してきて、

「池波さん！ ちょっと寄っていきなさい、ヒゲ剃《そ》っていきなさい、この剃刀《かみそり》使

いやすいから持っていきなさい……」

あれで二十回以上ヒゲを剃ってもらったか。もちろん料金なんか取ってくれませんよ。あのころで一回二百円か二百五十円だったたな。何も、それがネライで香《こう》奠《でん》を出したわけじゃないが、結果としてそうなる。だから言うわけですよ、役人でも会社員でも身銭を切りなさい、と。仕事そのものにね。同僚と酒を飲むことじゃないんだよ。

しかし、いまの人は仕事に身銭を切らないねえ。職場でいつもお茶を入れてくれる人がいるでしょう。そういう人に盆暮れにでも心づけをする人が、まあいない。毎日おいしいお茶をありがとう……そう言ってちょっと心づけをする。こりゃ違いますよ、次の朝から。当然、その人に一番先にサービスする。そうすると気分が違う。気分が違えば仕事のはかどりようもまるで違ってくる。

こういうふうに、

「自分の仕事を楽しみにするように……」

いろいろ考えるわけだ。楽しみとしてやるのでなかったら続かないよ、どんな仕事だって。努力だけじゃ駄目なんだということ。ガムシャラな努力だけでは、それが実らなかった場合、苦痛になる。ガックリしちゃう。これでは長くやっていけない。仕事というものはそれが何であれ、一種のスポーツのように楽しむ。そうすることによってきっと次の段階が見つかり、次に進むべき道が見えてくるものですよ。

ところが去年、Wにとっては夢にも想わなかった事件が、突然に起った。中学を卒業して高校へ入るはずだった長男が、この上、学校へは行きたくないと、いい出したのだ。

「それで、これから先、どうするつもりなんだ?」

おどろき、狼狽《ろうばい》したWが尋ねると、S少年は、京都へ行って、表具師になるための修業をしたいと、いったのである。

――夜明けのブランデー「職業」

◉著者の若い友人Wは、息子の成績がよいので、その将来を楽しみにしていた。一流大学から一流企業へという道を夢見たのである。ところが、無口で温順な息子が、すでに相手先の承諾まで取り付けているのを知って当惑し、その嘆きを著者に訴えたわけだ。しかし、好きで選んだ職業だからこそ厳しい修業に耐えることもできるのである。著者は、アル中を治すために、酒以外への興味をもたせようとした母に無理やり画家にさせられたユトリロの悲劇を例に挙げてそのことを言っている。才能と好きなことは一致しないものらしい。

麻雀ほど、肝心の若い人の時間を無益に過ごさせる賭け事はないんだよ。……麻雀

若いうちにはわからないが、やはり若いうちにしかできないことがあるということを、若い人は覚えておいたほうがいいね。

いまの若い人たちは、学生の時代は勉強に追われて大変でしょう。だけど、大学へ入ってしまったら受験勉強の反動で、さあ遊ぶぞというのも少なくないそうだね、聞いた話だけど。何のために大学へ入るのかねえ。

まあ、やがて社会に出て、会社へ勤める、と。ひまがあれば映画を観《み》る、本を読む、音楽を聴く、あるいはちょっと知らない土地へ行ってみる。いろんなことができる時代なんだからね、若いころというのは。つまり、自分に対して将来役立つような投資をする時代なんだよ。

それを明けても暮れても麻雀というのではねえ。ぼくも賭《か》け事は一通りやったけど、ぼくの場合、やっぱり気が短いんだよ。ダラダラ、ダラダラ時間がかかるのは一番嫌いなんだ。

ぼくに言わせると、もっともくだらないのが麻雀だね。麻雀ほど、肝心の若い人の時間を無益に過ごさせる賭け事はないんだよ。勝っても負けても、結局一通りルールを覚えれば、もう新しい発見は別にないでしょう。そりゃあ好きな人に言わせれば発見はいろいろあるんだというかもしれないけどさ。

一回やって終わるならまだいいけど、どうしてもたて続けで、ぶっ通しでやるわけでしょう。当然、健康にも悪い影響がないはずがない。まあ、年齢《とし》を取ってからなら自制もできようし、やってもいいけどね。

だいたい麻雀というのは、昔の中国人で功成り名遂げて、金もあって、ひまもあるという中年以上の人たちがなぐさみにやったものなんだよ、元来。若い人がするもんじゃないんだよ。ゴルフもそうだね。

若い者はもっと他に、しなければならないことがいっぱいあるんだよ。何度も言ったように十年、十五年がたちまちのうちに過ぎちゃうんだから。

遊ぶことは結構だよ。だけど、同じ遊びにしても、もっと他にあるでしょう。自分の何か得るところがある遊びが。

だから、パチンコが好きで、麻雀が好きで、三年間麻雀とパチンコばかりやっていた人と、映画というのも一つの娯楽だけど、その映画気違いの若者と、三年たったら全然違いますよ。映画だけでも、麻雀やってる人よりはいい。

どこの大名屋敷でもそうだが、ことに下屋敷の中間《ちゅうげん》部屋は、夜になると博奕場《ばくちば》になってしまう。種々雑多な人間が出入りをして博奕を打つのだが、家来たちは鼻薬《はなぐすり》を嗅《か》がされ、見て見ぬふりをしているのが、このごろでは当然のこととされているのだ。

——仕掛人・藤枝梅安「梅安蟻地獄」

◉なじみの料亭の奥女中・おもんとひとときを過ごし、帰宅しようとした梅安は、見知らぬ侍に襲われる。どうやら同じく料亭を訪れていた医師・宗伯と間違われたらしい。その翌日、元締めから新たな仕事の依頼が来たのだが、狙《ねら》う相手は、前夜宗伯を訪ねてきた大店《おおだな》の主人だった。梅安は思い切って前夜の侍と接触し、彼が宗伯を狙っている理由を聞いた。彼に殺しを依頼して死んだ娼婦《しょうふ》の父親が、沼田藩の足軽だったと知った梅安は、新たな情報を求めて沼田藩下屋敷に出かけていった。

江戸も中期以降になると、侍の剣も不要のものとなっていき、武士たちの働き場所もなくなっていったと思われる。その風潮は、足軽たちにも及び、彼らはバクチなどで無益な時間を過ごすようになった。そこはさまざまな悪の温床にもなっていったのである。現代の雀荘を悪の温床とは言わないが、若者が無益な時間を過ごす場所としては、江戸時代のバクチ場に似ているところがあるのではないだろうか。

会社の人事は即ち、芝居の配役にあたるわけ。それを間違うと、社運がかたむく場合もあるよ。……人事

まあ、どんな仕事でもそうなんだけど、ことに役者なんていうのは普段の修業が大事であってね。演出家がこの役はこの役者がいいと決めたら、もう、そんなにうるさいことを言わなくてもできるはずなんだよ。そうでしょう。自分の知っている役者で、あ、この役はこれ、あの役はあれのほうができる、と。演出家と

いうのは、役者のいろいろなことを見て知っているわけなんだから。また、そうでなくては演出家になれないんだから。

だから、演出家としては、そういうふうに配役をするのが一番大事なこと。それがちゃんとできれば、うるさいことを言わなくてもいいわけなんだよ。だけど、演出家が何も言ってくれないと、役者はやっぱり不安になるのね。

そういう役者たちを集めて、全部の役者をその芝居に乗らせていくように、稽《けい》古《こ》の間に持っていくこと。これが演出家の役目なんです。いろいろ方法はある。しごいて、しごきぬいて乗らせることもあるし。自分の思うとおりの配役ができていれば演出家は非常に楽になるわけだけど、思うようにいかない場合もあるからね。これと思う人が出られなかったりで。そういうときは、骨が折れるね。

結局ね、人間のすることは全部同じなんだ。それを間違うと大変なことになっちゃう。だからこそ「人事」というのが大事なの。会社の人事は即《すなわ》ち芝居の配役にあたるわけ。だが、えてしてこれがうまくいかない。もう実におかしいことになっちゃう。それがために、下手すると社運がかたむくという場合もある。

——その場合の配役の根本というのは何でしょうか。上に立って人事を決める人の大事なことは……。

それについては、一つの実例を話すことでぼくの答えにしよう。数年前に帝劇で、加藤剛主演でぼくの『剣客商売』をやったときに、新国劇出の香川桂子という女優に十九歳の男装の美少女の剣士をやらせたんだよ。香川桂子とぼくと同い年なんだ（笑）。だから、プロデューサーでも何でもみんな首をかしげるんですよ。だけど、ぼくは何も香川が昔なじみの女優だからしたわけじゃない。

そのときに東宝が出したいといった女優を見ても、できないんですよ、佐々木三冬《みふゆ》という役は。若い女優ではね。老中・田沼意次《おきつぐ》の娘だから。それで剣術が好きな女で、ほんとは美少女なのに男装しているわけだから。

要するにその三冬の役は香川ならできるということが、こっちにはわかっているんだよ。だけど他の人たちは、もう五十の女優にそんな……というんだね。というのは、芝居の幕内の人というのは、その役者の素顔を見て知っているでしょう。年中つき合っているから。それで、いくらベテランでも五十の女が十九の美少女なんて、というわけだ。でも、客は知らないんだからね、素顔なんて。舞台の上の役者しかわからない。だから、そこがむずかしいところ。そのところがわからなきゃ演出家の資格はない。舞台での香川桂子、少しもおかしくなかったよ、十九歳の美少女の剣士として。それが芸の力ですよ。若い女がやるより若く見えるんだ。

と、いつであったか長谷川平蔵が、妻女・久栄《ひさえ》に、

「川村弥助は勘定掛として、まことに、すぐれている。経理にくわしく、文字も算盤《そろばん》も上手で、その几帳面《きちようめん》なことにはおどろくばかりじゃ。いつなんどきにでも、帳簿を一目《ひとめ》見れば、たちどころに御役目の上の金の出し入れによって、与力・同心のはたらきぶりまでが、わかるようになっている。つまり、そのように川村は、おのれの仕事に絶えず工夫をこらし、誠実《まこと》をつくして、つとめている。なればさ、通常は二人、三人にてつとめる勘定掛が、わしのところでは一人ですむ。川村は二人前も三人前もはたらいていることに

なり、その人数だけ、外の御役目へまわしていることにもなるわけじゃ。いまは徳川将軍の御威光の下《もと》、天下しずまってより、およそ百八十年。もはや戦《いく》さもない。なればこそ、川村弥助のごとき才能は、この世の宝物といってよいのだ」

そういったことがあった。

——鬼平犯科帳11「泣き味噌屋」

◉川村弥助は、臆病《おくびょう》者だ。仲間から無理な金の算段をするように言われただけで涙ぐむし、雷が鳴れば、怖くて失禁してしまう有様だ。しかし、鬼平は、彼の貴重な才能を重んじ、きちんとその使いどころを心得ている。

そんな川村の妻が理不尽にも殺された。犯人がわかったとき、川村は刀を取って突っ込んでいき、妻の敵を討った。周囲は彼の勇気を称《たた》えるが、鬼平だけには彼の心情がわかっていた。「あのときの弥助は、ただもう、敵の刃《やいば》を受けて、亡くなった女房の後を追い、あの世へ行きたい一心だったのだ、と、わしは看《み》ている」と妻に語るのだった。

そして、それがわかっているのは、部下の中でも剣の使い手の数人だけであろうと推察するのである。「死ぬもよし、相手を斬《き》ることができれば、それもまたよし」という鬼平の気持ちには、妻にも理解しがたい深いものがある。それにしても、平蔵の洞察力の鋭さには感心するばかりである。だからこそ、当を得た、部下の働き場所を用意することもできるのである。

矛盾だらけの人間が、形成している社会もまた矛盾の社会なんだよ。……………融通

――プロ野球の監督というのも、ある意味で演出家と相通じる仕事じゃないかと思うんです。やはり「人を使う」という立場で。プロ野球に対してはみんなそれぞれ関心を持っていますから、それについての先生のお考えとか、見かたという

ものをおうかがいしたいのですが……。

プロ野球を見る場合に、そこのところを見なきゃ見ている価値がないんだ、ぼくに言わせれば。まあ、プレーだけ見て喜ぶのもいいけど、監督の人間性を見ることはやはり自分のこやしになるわけですよ。

たとえば変な話だけど、長嶋茂雄は名選手であって大スターであるけれども、監督の器ではないんだよ。なぜだかわかるかい？

彼は名選手だから監督の器じゃないんです。これから先のことは別だよ。名選手であっても、はじめはまずくてコツコツと叩《たた》き上げて名選手になった人と、はじめから天才的にも名選手であった人とは違うんだ。

長嶋の場合は天才なんだよ。まあ努力もしたろうけど、王貞治がコツコツ、コツコツ努力したような、人のいないところで一所懸命、夜も寝ないでバットを振ったりしてあそこまでの名選手になったのと違って、長嶋はもっと技術的にもそうだし、はじめからスターだから、下積みの苦労をしていない。要するに天才的な野球の名選手なんだ。

だから彼の場合、他の人間も自分と同じようにできると感覚的に思っちゃうところが困るんだね。努力の道程というものがわからない。努力というものは短時日のうちに実を結ばないということがわからないんだ。結局、長い目でもってチーム全体を育てていくということが感覚的に欠如しているわけで、だから、いまのところは監督の器じゃないんです、あの人は。

長嶋は全部ひらめきでいくタイプなんだ。選手だったときはそれでいいわけだけど、監督の場合は、自分と同じようにひらめいてくれる人ばかりじゃないんだから、食い違ってきちゃうわけだね。そこが長嶋と川上との違いですよ。

面白いのは、みんなそれぞれ個性によって、あるいは自分の持っていたパートによって、性格に特徴があるということだね。たとえば野村克也。あの人なんかもう大変。ちょっと外出しても、家に電話をかけて奥さんに、戸締まりのあそこが開いてなかったかとか、鍵《かぎ》をかけてなかったからどうだとかね。

そういう細かいところに気がつくというのは、これはやはり名捕手であるから。神経を絶えずそういうふうに使っているパートを受け持ってやっていたから。いかに捕手というものが神経をあらゆるところに使わなきゃならなかったかということが、彼の個人的な生活にも出ているわけです。これは大変なことだと思う。そこまでなったということは偉いと思いますよ、やっぱり。あんなボヤーッとしたような顔をしているけれども、神経は人一倍細かいわけ。

——広岡という人はまた異色の監督だったように思いますが、いかがですか……。

人間という生きものは矛盾の塊なんだよ。死ぬがために生まれてきて、死ぬがために毎日飯を食って……そうでしょう、こんな矛盾の存在というのはないんだ。そういう矛盾だらけの人間が、形成している社会もまた矛盾の社会なんだよ、すべてが。

野球のチームというものも例外ではあり得ない。これもやっぱり矛盾の生きものが集まってつくっている組織だということです。そこのところが広岡の場合、まだ、ちょっとわからないんだよ。そこがわかるようになったら、大変なやつになる。

広岡の場合は、広岡自身の采配《さいはい》のあれが悪かったということじゃなくて、オーナーその他が広岡を冷たく……ね。それでオーナーがそうだから、選手の中にもオーナーにくっついて広岡の陰口を言うのもいるということでしょう。だから、オーナーとしたら広岡をじっと信頼して、二年三年やらせていって、選手もそれに慣れて次第に監督を信頼するようになっていく。そういうふうにしていったら、それは名監督になるのは間違いない。管理野球だといって、たばこを吸うな、酒飲むなと選手を子ども扱いしたとかいうのも、家へ帰ってまで飲むなとは言ってないというんだよ、広岡は。球場ではいけないといってるわけだ、たばこでも。そのくらいの辛抱ができないで何でプロかというのは当然の理屈ですよ。

だけど、ただ理屈でもって全部割り切ってしまおうとすれば、もともと矛盾の存在である人間がつくっている社会の苦痛とか、苦悩とか、苦悶《くもん》とか、傷痕《しょうこん》とかというのはひろがるばかりなんだよ。

矛盾人間のつくっている矛盾社会なんだから、それに適応したやりかたで人間の社会というものは進歩させていかなきゃならない。科学的に、理論的にすべてを律してしまおうとしたら、人間の社会というのはものすごく不幸なものになっていくわけですよ。必ずしも白と黒に割り切れるものではない。その中間の色というものもあるということですよ。そのことにもうちょっと気がつくとよかったと思うね。広岡に対しては。つまり「融通」ということの大切さがね。

――その「融通」ということの意味を知っているかいないか、それが統率力とか包容力ということになるのでしょうか……。

いや、また、あんまりそればっかりでも困っちゃう。人間という生きものが矛盾の塊であるからというわけで、またそっちばかりへ行っちゃったら駄目になるわけよ。みんなに好かれ、親しまれたとしても、それだけで勝負に勝てるわけじゃないでしょう。だからむずかしいんだよ。

――ずっと昔、大下弘が監督になったとき、麻雀やっていい、どんどん酒も飲め、人間のあれとして当然だというようなことでやって、結局失敗してしまったという話ですけど……。

要は、その両方をうまく応用してやらなくてはならないということだよ。理論や計算に基づいた厳しい姿勢と、そこにきかせる人間的な融通と、どちらか一方だけでは駄目なんだよ。江川を巨人に入れたというのは、一応法律上は悪くないという態《てい》にしてやったわけでしょう。

だけど、それが恐ろしいところで、やっぱり理屈だけじゃ通らない。事実、江川を入れたことによって巨人の傷はますます深くなってしまったじゃないか。

「原八郎五郎、田村半兵衛と、この十年にわたる藩治を見つづけてきた私には、自分の微力を考えただけでもぞっとする。ことに、いままでも貧乏な我藩の内情を横眼《よこめ》で見ながら食いしん坊の私は、酒も飲み、膳《ぜん》の上の皿数が少いのが大嫌いな男でござる。それが、これから一汁一菜衣類も綿服、たまさかの酒を酌《く》むことすらゆるされぬことになったのだ。しかし、私は、やらねばならぬ。執政として倹約の範をしめさなくては命を下すこともできぬ。おわかり下さるか？　おわかり下さるな？」

江戸では桜が咲きはじめたころだが、松代の雪も、ようやく融《と》けかける気配を見せ、春めいた陽射《ひざ》しが静まり返った書院の障子に明るく映っている。

木工は、これも酒好きな、ふっくりとした童顔を困惑に曇らせている弟に向って、

「佐助、義絶のこと承知してくれるな?」

「は。いえ、それは……」

「御一同にも、この難行苦行を共にしていただこうとは、毛頭おもってはおりませぬ。義絶のこと、御承知下さるか?」


――「真田騒動」

⦿木工とは、江戸中期、信州松代藩、真田十万石代々の執政が果たせなかった藩財政改革を主君から命じられ、艱難《かんなん》のすえ見事果たした家老・恩田木工《おんだもく》のことである。著者にとって「真田もの」は直木賞受賞作の『錯乱』以来、大作『真田太平記』なども含め、その著作活動の原点ともいえるもので、私事ながら編者は信州飯田に住む前、真田家のルーツである上田に生まれ、二歳まで過ごしたこともあって格別の思いがある。先日も新設された「池波正太郎真田太平記

館」を訪れたばかりである。

引用部分は、恩田木工が財政統括役である「勝手方御用兼帯」を命じられたとき、一族を集めて義絶を言い渡す有名な部分である。このあと「待て」と妻の父にあたる望月治部衛門が真っ赤になって、「心外なことをいうな、木工。あまりにわれらを見くびりすぎるわ、無礼だ、心外だ」と言いつのる。しかし、著者はこのセリフの前に、「木工が予期したとおり」という一語をはさんでいる。

つまり、これは木工の仕組んだ一世一代の大芝居だったのである。いままでだれがやってもうまくいかなかった財政改革をやり遂げるには、まずは身内の協力がなくてはならない。しかも並大抵でない覚悟を要することであり、その自覚を促すためには普通の説得などでは追いつかない。この「義絶」をちらつかせた背水の陣で、木工は一族の献身的な協力を取り付け、藩財政改革をやり遂げたのである。

退職金

男として自分が自由に出来る金を持つということ、金高にかかわらずね。

これは、去年の夏ごろだったか……。新聞に出ていたのだが、四十年か五十年も前に、姫路だかどこかの人が、東京へ行って身を立てたいというんで、十三の少年のときに兄夫婦のもとを離れて一人で、無銭乗車やって東京へ出ようとした。ところが、無銭乗車だから近江《おうみ》の米原駅で捕まっちゃったわけだ。そのときに少年が、両親が死んじゃってるから東京へ行って働きたいとわけを話したわけですよ。そしたら、米原の駅長なり助役なりがよくよく身の上話を聞いてだね、たいていの場合、これ、出てきたところの親戚《しんせき》に送り返しちゃうんだけど、送り返さなかったんですね。というのは、話をよく聞いて、東京に姉さんがいるんだ、これならば東京へやっても大丈夫だという目安がついたんだろうね。

それで、その駅長と助役と駅員たちが全部で金を出し合って、いくらだったかちょっと忘れちゃったけど、全部集まったら十円ぐらいになったんじゃないか。

当時で言うと、家族の一人の食い扶持《ぶち》として十円だよ、一月《ひとつき》。家賃なんか別でね。それでまあ少年は東京へ着いたわけだ。

それから、姉さんのところへ行って、一所懸命いろんなことをして働いたんだね。そしていま、五十年たって、六十年かなあ、もう七十近くになっちゃったわけね。いまは会社を辞めて引退したわけだよ。だけど、七十ぐらいになっちゃって、五十年前のことが忘れられないんだね、その人は。

それでね、その後は東京へ出てきて、ぐれないで五十年やってきて、子どもも五人こしらえて、孫もいっぱい出来て、めでたく引退して、金はないけど、その間に退職金、年金、そういうものの中から一所懸命ためて、金額は忘れたけれども、何万円か持って米原へ来たんだよ、おじいさんが。もう駅長も何もみんな死んでしまっていてわからない。だけど、

「これを、何か駅のために使ってください」

と、助役に差し出したというんだよ。

これはみんな小遣いのなせるわざなんだ。いまは、そういうことがなかなか出

来ない世の中になっちゃったのよ。

それはいくらか知らないけど、たとえば一円なり、駅長は三円出したか二円出したか知りませんけど、そういうふうにしてやる気持ちがね、国鉄の駅員たちにもあったわけですよ。弁当屋のおばあちゃんまでが、汽車の中で食べろと言って弁当をやる。そういうようなことがなくなってしまったから、世の中というのはつまらなくなっちゃった。

そういうことがきっかけになって、その人が一生、心の支えにして、落ち込まないでやったということですよ。

変な話だけど、新国劇の芝居を観《み》て、いまの新国劇は駄目、つぶれちゃったけど、ぼくがやっていたころか、ぼくたちがやっている前の新国劇の芝居を観て自殺を思いとどまった人は数え切れないんだよ。それは、あの劇団の上から下までが気をそろえて、気を抜かないで一所懸命に舞台を務める、その舞台を観ているとだね、

〈ああ、またもう一度、この劇団の芝居を観に来るために、死なないで働こう

……）

と、そういう気持ちになるわけだよ。舞台を観るだけでも自殺を思いとどまらせるというちからがあったということですよ。

だから、男をみがくといっても、小遣いがなきゃみがけないんだよ、ある程度。全部が全部じゃないけれども。要するに、男として自分が自由に出来る金を持つということ、金高にかかわらずね。

弟の遊蕩《ゆうとう》には前々から眉《まゆ》をひそめている徳之助なのだが、これまでに一度も迷惑をかけられたことがないし、衣食住のめんどうを見てやるかわりには時折、万次郎がいくばくかの金を、

「兄上。小づかいになさい」

ひょいと、徳之助にわたしてよこす。

——おせん「おきぬとお道」

◉万次郎は、貧乏御家人の次男だ。養子の口は一向になく、あったとしても持参金のあてがないので、二十四歳のいまも部屋住みの身分だ。しかし、多少の肩身の狭さはあっても、自由を満喫できるわけだから、悪所に出入りしては、遊びの金をバクチで稼いでいた。その万次郎に縁談が持ち込まれた。持参金不要だが相手のお道はブスだという。兄や兄嫁に強制されていやいや承知したところ、今度は評判の美女・おきぬからの話が来た。商家の娘だが、こちらは養子ではなく持参金つきで嫁入らせるという。一も二もなくこちらを選んで、前の話を断った万次郎だったが……。

著者は、本文で、男をみがくには、多少でも小遣いが必要だと言っている。引用した作品の中の徳之助は、おそらく妻からほとんど小遣いをもらっていないにちがいない。だから、つい、弟のバクチで稼いだ金をあてにする。「悪銭身につかず」というとおり、こうした金は、つまらないことに浪費しがちだ。徳之助もその例外ではない。もし、妻が苦しい家計の中から捻出《ねんしゅつ》してくれた金だったら、よほどの遊び好きでない限り、遊蕩には使わないのではないだろうか。

幼児体験というのが一生つきまとうんだよ、人間というものは。
……………………母親

男というものが、どのように生きていくかという、その問題は、結局、さかのぼっていくと「幼児体験」に突き当たる。幼児体験というのが一生つきまとうんだよ、人間というものは。

家庭の父と母が円満に暮らしているところで幼年時代を送った者は、つまり幼年時代を幸福に過ごした人は、少年時代になって、たとえ片親が亡くなろうとも、両親に死なれようとも、そのあとがちょっと違ってくるわけよね、同じ苦労をしても。小学校に上がる前まで……これが肝心なんですね。幼年期における恵まれた、恵まれたって、金の問題じゃなくて、家庭生活、父と母が円満にやっていたという幼児体験があればね、全然違うんだよ、少年時代から、あるいは青年時代から苦労をしても。その苦労というものが、人間をしぼませないで、むしろ明るい感じでもって身についていくわけ。

ところがね、父親と母親が喧嘩《けんか》して、どちらかが家を出るとか出ないとかって、陰惨な幼年時代を送った人は、青年時代になって事業に成功したり、仕事に成功したりして、たとえ金持ちになっても、これはもうやっぱり違うわけですよ。どこかに幼児体験の暗いイメージというものが残ってしまう。むろん例外はあるけれども、だいたいにおいてその人の幼児体験というものが一生涯、つきまとうものだと思っていい。それはまあ、手相に表れていますからね。

ぼくの場合を言うとね、ぼくが七つのときまでは、家庭生活は円満でよかったわけですよ。だけど、七つになって、父が働いていた綿糸問屋がつぶれちゃってね。それを機にいろいろあって、離婚ということになった。

それからが苦労というわけだが、ぼくの場合は、ちょっと違うんだな。小学校しか出てなくて、十三から世の中へ出ているけど、働きに出た先が株屋だからね。株屋なんていうのは苦労のうちにならないんだよ。

（こんないいところがあるものか……）

と、思ったくらいだからね。

けれども、他人《ひと》がしてない苦労はしているわけだ。株屋をやっていたおかげで。一足跳びに、少年時代に大人の苦労をしているわけだよ。

ぼくが株屋で勤めていたところは、ぼくのはとこが二人、その前から勤めていたんだよ。それで、一人はものすごく堅いんだ。その人は、後に国鉄へ入って助役になって、いまは宇都宮に土地持って、悠々自適。もう一人は、このほうは遊び人で、まあ、ぼくなんかそれと遊んだんだけど、亡くなりましたから言うんですけど、気持ちのいい人でしたよ。その人が店の仲間と四、五人でもって、自分の店へ付けて相場やったんだよ。これでやられちゃったんだよ。

結局、ぼくのはとこが全部、一人で引っかぶって、罪を着て、辞めたわけです。要するに人がいいんだね。それで、あとのやつはみんな、店にそのまま残っていましたよ。

そのはとこは、他の店へ勤めることになったわけですけど、それが言うには、

「お前が、もし、やるんだったら、この店は堅いんだから、オレのようになっち

ゃいけないから、絶対におふくろだの店の者に相場やることを知られないようにやれ」

と、こう言うわけですよ。まあ、ぼくが十三のときだから、まだやってなかったけど、そのときにぼくは、なるほど……と思ったんですよ。母が顔さえ見りゃ、ぼくに、

「堅くしろ、堅くしろ」

と言うわけ。それがどういうことなのか、そのときにわかったわけだ。

それで、ぼくが相場やりはじめたのは十六ぐらいのときなんだが、同じ店の者とはやらなかったんだよ。

他の店へ勤めている井上留吉というのとやったわけですよ。他の店へ付けてやっていて、うちの母にはこれっぽっちも悟られなかった。末期にはわかっていましたがね。ましてや店には、堅い一方だと思われていたわけですよ。

そういうことを十六、七のときに覚えたということは、苦労じゃないんだが、万事に左右してくる。他人に知れない秘密があるというんじゃないけど、まあ、

そのときは一応そうなんだよ。それで、井上と二人でもって千束町《せんぞく》に六畳の部屋借りて、そこへ金庫を置いといたんだ。

だから、母が言うんです。

「あのとき、土地を買っとけば、もういまは大変なものになっている……」

と。だけど、そんなことやったら、ぼくは駄目になっちゃうんだよ。若いときの金というのは浪費する、そういうことでいいわけなんですよ。

それにしてもねえ、それはもう言語道断な生活でしたからね、いまにして思えば。いまだったら、土地買うなりなんなりするでしょうよ。あれだけの金があればね。

一昨日あたりから、家事にはげみながらも、突如としてお富は胸さわぎをおぼえた。何となく居ても立ってもいられない気持ち……というより自分の肉体がうずうずとしてくる。得体の知れぬ昂奮《こうふん》が次第に濃さを増し、何をしていても手につかなくなってくるのだ。

こんなとき、無意識のうちに、お富の右の手ゆびがひくひくとふるえうごいている。

(ああ、もう……どうしようもない)

ゆびが呼んでいるのだ。

(さ、早く仕事をしましょう)

と、呼んでいるのだ。

——鬼平犯科帳2「女掏摸お富」

⦿お富は孤児である。物心ついたとき、掏摸《すり》の元締めの養女になっていた。夫婦で掏摸だった養父母は、お富の才能に早くから気づき、巧妙に掏摸としての技術を教え込んだ。

知らず知らずのうちに、それが当然であるかのように掏摸で身を立てるようになったが、養父母の死後、二代目から逃れて引退を決意する。

好きになってくれた真面目《まじめ》な若者、卯吉と世帯を持って幸せに暮らしていたが、ある日、かつての仲間に見つかってしまう。百両という大金を要求され、その金を、昔覚えた術《すべ》で稼ごうとする。苦労して百両のお金を用意して、仲間と縁を切ったものの、最後の日に、三人の懐中物をすり取った快感がきっかけになって、昔の血が騒ぎ始める。

脅していた男を捕まえて事情を知り、「足を洗って、笠屋の女房になりきった女だ。見どころがある。いたずらに事をかまえ、人の善《よ》い亭主を悲しませるにはおよぶまい」と見逃した平蔵だったが、今度ばかりは許すわけにはいかなかった。

しかし捕らえたあと、「お前のこころが悪いのではない。その手ゆびが悪いのさ」「お前の手ゆびが死に、お前が世間へもどるまでの間、卯吉はきっと待っていてくれるだろうよ」と優しく諭すのだった。

まず、自分の躰とはどういうものなのかということを知らなきゃいけない。…………病気

――いかにうまく自分をコントロールして能率よく仕事を進めるか、これがわれわれにはむずかしいのですが、調子が悪いときに気分を転換するコツみたいなものはあるのでしょうか……。

ぼくの場合、調子がいいのは夕方なんだ。本当からいえば夕方四時ごろから机に向かって、八時ごろまでやるのが一番いいんだ。だけど、なかなかそうはいかない。だから、少なくとも家にいるときは、晩飯前に三枚ぐらい書いておく。たとえ二枚でも三枚でも書いておけば、夜その続きがスムーズにできるわけだ。極力そうしていますよ。

仕事というのは長年の習慣だからね、やりかたはいろいろと個人差があると思う。たとえば、ぼくは静かな、だれもいないシーンとしたところでなきゃ仕事ができないということはないんだよ。ぼくの書斎の戸なんか夏も冬も開けっ放し。

外の子どもの声や、家内や母の声が聞こえても平気。仕事を始めたら、音がしていても耳に入ってこない。もう、そういうように躰《からだ》が訓練されているわけだよ。

バイオリズムというか、体調というか、ぼくの場合は夕方調子がいいのは確かだけれども、長年、夜遅くやることはやっているから、まあ習慣的にその時間になれば躰が働くようになっている。だけど、昼間でもやれないことはない。起きたばかりのときだけはできないけどね。

要するに習慣性というのかね。われわれ作家という職業も、プロ野球の選手と根本的なことは同じだからね。いくら小説家だって、あるいは画家だって、人間の肉体がすることである以上は、その根本の肉体の働き、頭脳の働きというものはどんな職業でも同じわけですよ。

だから、ぼくら、スポーツ選手と同じですよ、結局ね。躰をこわしてしまったら、連載小説も中断しなければならないでしょう。そうすれば読者に対して、あるいは出版社に対して、それこそ迷惑をかけるわけだ。

野球の選手も、故障すれば自分だけでは済まない。ファンに対し、あるいはチームに対して迷惑をかけるということで。彼らはことに躰には気をつけているわけでしょう。そのためにもシーズン前のトレーニングを念入りにやって躰を鍛えるわけだよ。

それにはまず、自分の躰というのはどういうものなのかということを知らなきゃいけない。それを知らないで、何かというたびにやたらめったら医者のところに行く。それで今日の医者がどの程度信頼できるか、ぼくは医者にほとんどかかったことがないからわからないけれども、どうも友だちなどの実例からいうと、注射を打たれて薬を飲まされて、変になっちまうこともないではない。

だから自分がどういうふうな躰なのか、どこが弱いのかということを知っていれば、悪くならない先に機能を甦《よみがえ》らせて、病気や故障を前もって防ぐことができる。ぼくの場合は、それがために漢方薬と鍼《はり》で体質を変えているわけだ。肥満を防ぐために鍼をやっている。背中が大事なんだよ。背中に肉がつくと大事な血管が肉で押されることになり、方々悪くなる。すべて人間の躰は血管なんだ。血の流れ、血のめぐりが悪くなると、病気になってしまう。

とにかく悪くなってからやっても駄目なんだ。実際、日曜のたびに鍼医者のところへ行くというのは面倒ですよ。ぼくには日曜も祭日もないんだから。それも、どこか躰の具合が悪くて行くならまだしも、どこも悪くないのに行く。病気を未然に防ごうと思うから。プロ野球選手と同じですよ。


「それはさておき、長谷川様」

「はいはい」

「だいぶんに、肝《かん》の臓《ぞう》が悪うございますぞ」

「なるほど」

「もちろんこの宗仙。きっと癒《なお》してごらんに入れますが、そのためには、ここ当分、ゆっくりと休養をとっていただかねばなりませぬ」


——鬼平犯科帳3「麻布ねずみ坂」

◉宗仙は、いまでいう指圧師であって、小金井の万五郎という盗賊を治療して、危篤寸前だった彼を死から救った男だ。この話は「埋蔵金千両」に詳しい。この事件が縁で宗仙を知った平蔵は、その腕前を試したくなって自邸に招いたのである。

やがて、平蔵は宗仙の秘密を知ることになる。「麻布ねずみ坂」は、その顚末《てんまつ》記である。このくだりは、いささか疲れを覚えるようになった平蔵の健康診断のようなものだったと思われる。

二十何年前に痔が悪くて出血もひどくてね。だけどぼくは体操でなおしちゃった。 ……体操

健康管理の上で、入浴というものは非常に大きな意味を持っている。ということは、あらゆる人間の躰の病気の根源は血の循環なんだから。入浴をすれば血の循環がよくなるのは当然なんだから、入浴というものは毎日一回は必ずしたほう

がいいんだよ、できたらね。

入浴の嫌いな男でも、何か他のことで血の循環をよくできればいいけど、一般の人の場合、なかなかそういう方法もないでしょう。これはやっぱり入浴するのが一番手っとり早いわけだよ。

冬なんかに、ちょっときょうは寒い、風邪引きそうだなあと思ったときは、入浴をしても背中は洗わないほうがいいよ。石けんで背中の脂を流さないことね。背中の脂っ気がなくなってカサカサになっちゃうと、そこから風邪が侵入してくるわけ。だから、風邪を引いているときは風呂へ入らないだろうけど、風邪がなおったから久しぶりで風呂へ入ろうというときも洗わないほうがいい。

ぼくは変な話ですけど、風邪を引かなくても、真冬は一週間に一回か二回ぐらいしか背中は洗わない。他は石けんで洗ってもね。汚くはないんだよ、別に。お湯で流してあるわけだから。気持ちも悪くないでしょう。背中だけ石けん使わないで、他はちゃんと洗うんだから。

そういうことは医学で何と解明するかしらないけど、みんな昔の年寄りがそういうことを教えてくれたんですよ。ぼくらの若いころはね。前に話した、肝臓を押さえながら酒を飲むという知恵と同じようなものだ。

ぼくはね、二十何年前に痔《じ》が悪くて出血もひどくてね。トイレの中で貧血起こしてひっくり返ったこともありますよ。だけどぼくは体操でなおしちゃった。

——この問題はひそかに悩んでいる人も多いと思いますから、ぜひ、その体操をお教えください……。

痔をなおすための体操というのがあるわけだ。ぼくは師匠の長谷川伸に教わったんだよ。先生も経験者だったんじゃないかね（笑）。

ある日、先生のところへ行ったわけだよ。そうしたら痛いんだよなあ、冬の寒い日でさ。それで顔しかめていたら、君は痔が悪いのかって言うから、そうなんですって言ったら教えてくれた。

だけど、この話が本に載ると困る。読んだ人が電話をかけてきたり、訪ねてきたり……前にちょっと何かに書いたとき、来るんだよ、切実な問題抱えている人が（笑）。ぼくは忙しいし、いちいちお相手ができないけど、それをお断りした上で話すんだからね。ただし、この体操によって痔を切らずになおしたかったら、毎晩欠かさず一年間続けなければならない。その点も前もって承知をしておいてもらいたい。

まず、畳の上にあお向けになって、ひじをついて上半身を起こすんだよ。それで、両脚を宙に浮かせる。そこでやってごらん。

もっともっと上体を起こして……膝《ひざ》を曲げちゃあ駄目なんだよ。そうして親指で土踏まずを叩くんだ。こういうふうに……大きく開いた両脚を曲げないで、親指で土踏まずを交互に叩く。

ぼくがいまやったの見たろう。これはなかなかはじめはできないよ。十回でもいいんだよ、最初のうちは。そのうちにだんだん、だんだん速くできるようになる。そうしたら百回。それを毎晩やったら、一年続けたらなおっちゃうよ。

寝る前がいいと思うんだ。現に痛くなったときやってごらん、スーッと消えちゃうから。先生がこういうふうに教えて、やってごらんっていったから、やったらスーッと消し飛んだよ、痛みも何も。こりゃいいなあっていうわけだ。結局、筋肉の血行をよくするんだな。慣れれば百回なんてわけない、十分か十五分。

痔病の苦痛というものは、まったく、

「なってみぬとわからぬもの」

なのである。

大の男が、尻《しり》の激痛に堪《た》えかね、人が見ていないところでうめき声を発するとき、その声が泣声になっているのだ。

泪《なみだ》も出てくる。(中略)

痛みばかりか、自分の尻が腫《は》れてふくらみ、鉛の入った風船玉を二つ、尻にぶら下げているような気もちがしてくる。

――鬼平犯科帳9「泥亀」

◉泥亀《すっぽん》の七蔵は、三年前に盗人の足を洗った。だが、偶然出会った昔の仲間から、恩義のある親分が亡くなり、子分たちに見捨てられたおかみさんと盲目の娘が難儀をしていると聞いてじっとしていられなくなる。何とか五十両ほどの金をつくりたいと、盗みに入る先を物色するのだが、痔の病は如何《いかん》ともしがたく、思うに任せない。

『鬼平犯科帳』には、極悪人だけではなくこうしたお人よしの盗人がしばしば登場する。それも『鬼平犯科帳』の魅力の一つだ。痔に悩む七蔵の描写が真に迫っているのは、著者に同じ苦しみの体験があるからだろう。いささか覚えのある私にも、七蔵の苦しみは、とても他人事には思えないのである。

いろいろ自分なりの健康法を心掛けているのは、一つには、母より先には死ねないと思うからね。……………………鍼

自分の母親を叱《しか》りつけることはできないでしょう、君たちは。それは叱りつけなくても済むような母親だったら叱っちゃいけないけどね。

ぼくの母なんかずいぶんわがままだから、ぼくは叱りますよ。だけど、母だけ叱っていたら、家内の鼻がすごく高くなっちゃう。だから、一方で母を叱ったら、もう一方で必ず無理にも家内を叱らなきゃいけない。逆に、家内を叱ったときは、やっぱり母親は少しいい気持ちになっちゃうから、母親も同時に叱る。そのバランスを取っていって、十年もやればね、いまはもうほとんど二人にはぼくは叱らないで済んでいますよ。

それをぼくが口先だけで言ってるんじゃないということは、ぼくのところへ長く来ている編集者たちがみんな実際に見ているから、わかっていますよ。

だからぼくは、母が脳溢血《のういっけつ》で引っくり返って入院したとき、絶対に見舞いに行かなかった。全部、家内にやらせました。そうすれば、

――うちの息子は来てくれないけど、嫁は来てくれる……。

ということでしょう。当然、いくらかでもその機会に気持ちが結ばれるということになるわけですよ。嫁と姑《しゅうとめ》のね。

そういうことは母にも家内にもわからないかもしれないやね。そうでもいいん

ですよ。

「年中怒られてたまらない……」

と、言ってたかもしれないけど、それはそれでいいわけ。二人がそういうふうにあれしていけば。

ぼくの弟は母を引き取って一緒に暮らしたいんだね、つまり、母がいないと寂しいんですよ。だから去年、家を建てたときに、お母さんの部屋も建てたからいつでも大阪へ来ていいというわけだ。それで、母は親戚《しんせき》じゅうに相談して歩いたわけですよ。そうしたら、賛成した者は一人もいない。あんた、そんなことをしたらおしまいだよと、みんなに言われた。母としては、弟ばかりじゃなくて孫がいるでしょう、向こうに。だから向こうで一緒に住みたいという気はあったんだけど、親戚じゅうに反対されちゃった。ずいぶん自分でも迷っていたけれども、やっぱりやめましたよ。

よくよく考えてみれば、ぼくのことは怖がっていますし、家内は自分の娘じゃない、嫁だけれども、やっぱり三十年も家内と一緒に暮らしていれば……ということでしょう。それで結局、ぼくのところに落ち着くことに決めたわけだ。弟のやつが、ぼくに言ったんですよ。私はさんざんお母さんに世話になっているから、これから孝行したいと。そのときにぼくは、よしたほうがいい、お前が苦しむだけだと言ったんです。

というのは、向こうの嫁とこれから始めるんでしょう。これは大変ですよ。その間にはさまって弟がぼくのように出来るかというと、これは出来ませんよね。だから、弟が苦しむのがわかっているから、やめたほうがいいと言ったの。

ぼくは五十七になったけど、日曜ごとに鍼へ行っています。まあ、躰の悪いところは痛風だけだけどね。悪いところがなくても鍼を打ったりしていますよ。そういうふうにいろいろ自分なりの健康法を心掛けているのは、一つには、母より先には死ねないと思うからね。思い残すことはないが、それがあるから健康にも気を使っている。

だけど、そういうところの男の考えかたというのは、女にはわからないね、言っても。

ただ、十年前には七十キロあった体重を、現在、六十一キロまでに減らした。食事ではなく、これは鍼の治療を長くつづけ、背骨の間に喰い込んだ肉を除《と》って、背骨を伸ばし、筋肉をやわらかくしたのだ。

十年前の私は肥えてもいたが、よく食べたし、風邪ひとつ引いたことがなかったけれども、翌々年（すなわち八年前）には、痛風、坐骨《ざこつ》神経痛、足の捻《ねん》挫《ざ》を何度も繰り返し、一年のうちの半分はステッキをつくことになる。

——夜明けのブランデー「十年前」

◉この文章が書かれたときの十年前といえば、著者は五十二歳、だから、鍼の治療を始めたのは五十四歳ということになる。著者によると、それは、気学でいう衰運の第一年目だった。しかし、鍼治療による健康法は、著者に合っていたらしく、この文章が書かれた当時、無理がきく状況ではなかったものの、首筋もほっそりとすっきりし、肉付きもやわらかくなった。長い階段も息切れすることなく上がれるようになったのである。

手相でも、人相でも、それによって自分のためになる習慣を身につければ、こんないいことはない。

……………天中殺

──それぞれの人が持って生まれた天命とか運勢というものについて、どうお考えですか。たとえば「天中殺《てんちゆうさつ》」というものについて……。

天中殺というのは、たとえば同じ年の同じ日に生まれた人は全部同じ天中殺なんだから、何年何月のそういう人がみんな一斉に天中殺でひどい目にあうかというと、そうじゃないわけですよ、実際には。

だけど、一応、古来からの類例がたくさんあるわけだ。データが。天中殺というのは悪い年だというデータがあるわけでしょう。だから、必ず当たるとはいわないが、その二年間は気をつけたほうがいい。ということは、気をつけることによって決して損はしないんだから。

天中殺の二年間は喧嘩《けんか》をしてはいけない。争ってはいけない。事故があるから自動車道を渡るときは気をつけなければいけない。そういうことを絶えず心に留めていれば、その天中殺の二年間はいろいろなことに気をつけるわけでしょう。それはもうクセになるわけだよ。これは自分のためになるクセだ。それだけ得をすることになる。

メモに「天中殺」と書いて、毎日見えるところに貼っておくんだ、二年間は。あるいは毎日開け閉めする引き出しに入れておく。財布を入れておくところに。外出するとき財布を出そうとすれば、必ず目に入って、

（あ、天中殺なんだ、きょう一日、気をつけよう……）

と、いうことになるでしょう。

事実、ぼくはそれでずいぶんいろいろなことを逃れているんです。ある出版社と喧嘩みたいになりかけたとき、いまは天中殺だからと思って我慢をしたことがある。それがために、結果的には喧嘩相手の重役とも親しくなった。そこで喧嘩していたら縁が切れていたでしょう。そういうことがある。

天中殺にしろ、運勢にしろ、あまりこだわってはいけないが、そんなのは迷信だとかたづけるよりも、積極的に利用していったほうがいいということですよ。

手相でも、人相でも、それによって自分のためになる習慣を身につければ、こんないいことはない。

ぼくの年齢《とし》になると、職業は決まっているし、迷って他の仕事をやろうというわけではないから、年を取るに従って天中殺の危険性が薄らいでいく。だけど、若いうちが危ない。面白くないから飛び出しちゃって、新しいところに行く、それが結局実を結ばないということが少なくない。結婚でも転職でもね。それが、いまは天中殺なんだ、慎重にやらなきゃいけないんだと考えることで避けられるかもしれないでしょう。

天中殺のことをばかに迷信的に信用しているように見えるけど、そういうことではなくて、危ないと思ったら避けたほうがいい。避けることによって自分の欠点というものも直ってくるわけだ。

だから、人生の薬味ですよ、占いとか手相、人相などは。手相や人相というのは薬味どころじゃない、ある程度確実性がある、その道の名人が見ればね。

すべて人生何十年という時間の問題になってしまうんだ。そこに全部帰一する。

そのことを根本において物事を決すればいい。進退を決するときに、いまぼくが言ったことを基準にして決定すればいいんだよ。(自分はあと何十年かたったら死ぬんだ……)ということを考えていれば、それを根本にして生きていけば間違いないということです。

長らく銀座のS堂に勤めていた斉藤戦司君が、このほど独立し、原宿へ店を出したのに、まだ行っていないことを思い出し、タクシーで原宿駅まで行く。(中略)

彼は得意の腕をふるって、とてもうまいコーヒーをのませてくれた。

この店は、口コミで、少しずつ客が増えるだろう。大人の店だ。彼の九星の星は四緑《しろく》であって、今年から盛運期に入った。

おそらく、再来年《さらいねん》には、この店も立派に落ちつくだろう。

——夜明けのブランデー「某月某日」

◉この文章は、有吉佐和子が急死した年に書かれている。著者の気学の師匠でもある料理屋の女将《おかみ》の、「悪い星が重なりました」という言葉を受けての一文だ。有吉佐和子の生まれた年や月に照らすと、その年の運勢はあまりよくなかったのである。自分のことはわからないものだと、同じく気学をやっていたはずの彼女を悼んでいる。

が、開店した知人の星をプラスにとらえる文章で結ぶことで、悪い星なら心身に気をつけ、いい星ならばそれを励みのもとにすればいいのではないかという著者の考えがうかがわれるのである。

なかなか死ななくなったことは結構だけれども、人間は死ぬということを考えなくなったわけだ。……………………**寿命**

戦国時代なり江戸時代の場合は、現代《いま》のように医学というものが発達していないから、死ぬ人が多い。赤ん坊のうちに死ぬし、若いうちに死ぬし、どんどん病気で死ぬわけだよ。だから、死というものを子どものうちから身近に見て育つわけですよ。

たとえば、ついこの間まで一緒に遊んでいた隣の子が病気で死んでしまったとか、おばあさんが死んだとか、妹が死ぬとか、隣の親切にしてくれたおばさんが死ぬとかということで、絶えず子どものときから「死ぬ」ということがまわりで起きている。だから当然感覚的に、

（人間はいつかは死ぬものだ……）

ということがわかっているわけですね。

ところがいまは寿命が延びて、なかなか死ななくなったということは結構だけれども、人間は死ぬということを考えなくなっちゃったわけだ。

昔は町人でもそうだったし、侍はことにそうなんだよね。戦争がなくても何か勤めの上でちょっと失敗があったら、すぐ、腹を切らなきゃならない。あるいは首を討たれなきゃならない。自分がやらなくても責任者として死ななきゃならな

い。だから侍というのは絶えず「死ぬこと」を考えながら生きているわけです。それで、妻のほうも、旦那《だんな》さまは侍だから、いつ何どきお家のために何かあって死ぬようなことがあるかもしれないということがわかっているわけだから、当然、夫婦仲というものはむつまじいことになる。そうでしょう。

だから、家内の母がいつか躰が弱って死んじゃったらしようがないから、死ぬ前に、まだ足がきくうちに、うちの母と一緒に京都でも奈良でも、できるだけ旅行に連れていこうということをやったと同じで、毎日まいにち旦那に対して誠心誠意仕えると同時に、旦那も妻に対してはやはり重んじて、それでもって妻を大事にするということがあるわけですよ。戦国時代、江戸時代、みんなそうなんです、封建時代というのは。

江戸時代の日本というのは世界一の文化国家だからね。そんなこと、いまの知識人はわからないですよ。後進国だ、後進国だとしきりに言ってるわね。それは明治になってからは後進国だ。機械文明の発達ということから言えば。しかし、文化ということにおいては、封建時代から明治初期までは世界一の文化国家ですよ。これほど文化的な国はどこを探してもない。その当時のフランス、イギリス、アメリカ、全部見てごらんなさい。同じ時代でどういうことがあったかということを比べたら日本が一番ですよ。

だからこそ江戸時代ないしは明治の初期に日本へ来た外国人はみんな、日本と日本人のことをほめそやしている。こんな清潔な国はない、こんな美しい気持ちを持った国民はない、と。みんなそんなものを読んでるのかどうか知らないけど、いまでもそういう本はかなり出ている。

だから、そういうことはよくよく小学校のうちに歴史で教えないと駄目なんだよ。もっとも、いまの先生がそういうことをわかっていないんだからどうしようもない。

「どうも、岸井さまには恩に着せすぎます。やたらにもう、いのちの恩人の安売りを……」

木村忠吾が、そっと平蔵へ不満をうったえたとき、平蔵は、こうこたえた。

「忠吾《うさぎ》。お前はな、いま少し、世の中のことを知らねばいかぬぞ」

「なれど……」

「左馬之助が、ああして命の恩人をいいたてるのは、やたらにもう、うれしいからなのだ」

「うれしい、と申されますと？」

「おれが、こうして無事に江戸へ帰れることが、だ」

「はあ……？」

「それを、あからさまにいうのが照れくさいゆえ、ああして命の恩人の安売りをする。することによって、おれの無事をよろこんでくれている。わかるか……おれたちのような年配の友だち同士は、みんな、そのようなぐあいなのだ」


——鬼平犯科帳3「駿州・宇津谷峠」

◉あるとき病を得た平蔵が、治癒後の養生と父親の墓参のために、久しぶりに、忠吾をお供に京都へ出かける。その旅での出来事を描いた「盗法秘伝」他、「艶婦の毒」「兇剣」など一連の作品がある。この忠吾との会話は、その連作を踏まえたあとの作品、事件がかたづいた帰途でのものである。

休息の旅だったのに、世の中は、平蔵を放っておいてはくれず、彼を休ませてはくれない。女好きの忠吾が、札付きの悪女にひっかかったり、奉公先が盗人の溜《た》まり場と知って逃げ出してきた娘を助け、その一味を一網打尽にする段取りをつけたりと忙しい。

そのさなか、娘の故郷である奈良への道中、平蔵は刺客に襲われた。多勢に無勢で平蔵が死を覚悟したとき、刺客の一人の背中めがけて一本の小刀が飛んできた。旧友・左馬之助が駆けつけたのである。死が日常的だった当時ならではの、喜びの表現だったにちがいない。

あと自分が生きている年数というものは何年か、それが全部の基本になるんだよ。

……………………………死

男をみがくにも、みがきどきというものがある。たとえばトレードされたときの小林投手がまさに、彼にとっての男のみがきどきだった。というのは、自分が大変な負担を背負いこんだときだから。逆に言えば、そういう苦境に立ち至ったときは、みがかざるを得ないんだよ。男をみがくか、下へ落っこっちゃうか、どっちかなんだよ。

もっとむずかしいのは、なんでもないときにそれをやるということだね。なんとなく会社へ行って、月給もらって、ボーナスもらって、安穏に暮らしているときにこそ、自分は何をやらなきゃならないかということをまず、考えなきゃならない。

いま、自分は三十であるとしよう。

「いつまで生きられるか……」

ということをまず考えないとね。

そこから始まるんだよ、根本は。三十歳だったら、本当に生きていて仕事が出来るというのは、うまくいって七十までだね。それ以上生きても、五年か十年でもって結局は、間もなく死ぬわけだから、あと自分が生きている年数というものは何年か、それをまず考えなきゃならない。それが全部の基本になるんだよ。

われわれの時代というのは二十一、あるいは十八か十九で、それを考えなきゃならなかった。ぼくだけじゃなくて、だれしも。というのは、戦争というのがあって、よっぽどの病人でない限り、戦争に出なきゃならないんだから。そうすれば、生きて帰ってくる、あるいは戦死するという率は、七・三ぐらいかもしれないけど、うまくいって五分五分ですよ。そしたら、一応「死ぬ」ことは考えなきゃならないわけだよ。

いままで、ぼくがここまで来たのは、やっぱり、それが根本にあって生きてきているわけ。ところで、君たち、自分が死ぬということを一度でも考えたことあるの？

四十年、五十年なんて言ったって、あっという間だからね。だから、ぼくは言うんですよ。

「自分が死ぬということを、若いうちから考えないといけない……」

と。

人生の常識という意味から言っても、一番わかっていることなんじゃないか。自分が、

「死ぬところに向かって生きている……」

ということだけが、はっきりわかっている。あとはわからないんだよ。何がどうなのか。ノストラダムスの人類滅亡などといっても、それはそのところに来てみなきゃわからないんだよ。わかっていることは、自分が死ぬことだけ。そこまでの何十年間というのを生きるわけだ。そしたら、どういうふうに生きたらいいかということを、当然、考えることになるわね。

「そんなこと言って、あんた、たまんないでしょう……生きているのが苦しくて」

というわけだ。そういう人もいるんだよ。だけど、人間というのは、ぼくなんかそういうことを三日もあけずに考えているが、考えるというよりもただ漠然と思っているだけで生きかたが違ってくるということだよ。

「岩五郎が、越中のどこかの町で、中風の親父と盲目の義母と、女房と子と、安穏に好きなどじょう汁をすすってくれるような身の上になってくれることだな」

平蔵がいい、盃《さかずき》をほしてから岸井左馬之助へ、

「ところで左馬。おれが寿命は？」

と、きいた。

岸井は悪びれもせず、

「五十まで」

ずばり、いいきったものである。

平蔵は、にやりとして、こういった。

「あと六年か……やることだけはやってのけておくことだな、左馬」

――鬼平犯科帳1「浅草・御厩河岸」

⦿居酒屋を営む岩五郎は、親の代からの盗賊だった。いまは盗賊改の密偵として働く彼は、「金持ち以外は狙《ねら》わない」「殺さない」「女を手ごめにしない」という盗人の三原則を守っている親分に手助けを頼まれて迷う。そのとき、以前店先に現れた乞食《こじき》坊主の、「いまの暮らしのもとになっていることに背いてはならぬ」という言葉を思い出して親分を裏切る。この乞食坊主は実は、平蔵の盟友・岸井左馬之助だった。岩五郎は、仕返しを恐れて夜逃げをする。そこで冒頭のシーンになる。

「自分は、死ぬところに向かって生きているんだ」と、なにかにつけて考えていればいいんだよ。

……………………生

死ぬことを真剣に考えたら、それはたまらないかもしれないでしょう。だけど、思いつめて考えなくてもいいんだよ。

「自分は、死ぬところに向かって生きているんだ……」

と、なにかにつけて考えていればいいんだよ。ふっと思えばいいんだ。真剣に考えたってそこの問題は解決出来ないことなんだから。漠然と考えるだけでいい。それだけで違ってくるんだ。

人間というのは、たとえば、きょうみたいに新鮮なトマトを食べただけで、

「ああ、うまい……」

と、言うでしょう。それでもって、そのときは他のことは頭から消えている。忘れるように出来ているんです、人間の躰というのは。それでなかったら、神経衰弱になっちゃって、みんな死んじゃいますよ。

だから、そういうことは心配しないでもいいんだよ。ただ、絶えず思っておれば、仕事の面においても違ってくるわけですよ。

生きているということの意味も、だんだんわかってくるでしょうね、ときどき「死」を思っていれば。

それでね、自分の死ぬことを考えたら、他人《ひと》の死ぬこともわかるでしょう。そうすれば、奥さんの母親がもう年齢《とし》なんだ、いつ死ぬかわからないとしたら、一回ぐらいどこかへ連れていこうということにもなるわけですよ。

そうすれば、奥さんだって、ちっともいやな気しないでしょう。奥さんがあなたのお母さんによくするでしょう。当然、しますよ。しない女だったらばかですよね。そんなばか女なら離婚しちゃえばいい。

あなたが奥さんの両親によくしてれば、奥さんはあなたの両親によくする。これは当然のことですよ。あなたにもよくするしね。

自分の死ぬことがわからないと、他人の死ぬこともわからないんだよ。だから、ぼくの家内の母は八十四で、きょう死んだわけだが、ぼくとしては心残りがないというのは、そこのことなんですよ。

ぼくと家内が結婚して、はじめ二年間ぐらいは家内、実家へ帰りませんでしたけどね、昔はそうですよね。ぼくは家内の母を、自分の母を旅行へ連れていくときには、必ず連れていった。ということは、年寄りだから、いつ死ぬかわからないからね。

死んでからでは何もしてやれない。やったってしようがないんだから。生きているうちにということが絶えずぼくの心にあるから、だから、そういうふうに連れていくわけですよ。

それはどんなにか当人も喜んだし、家内もまた喜ぶわけですよ。同時に、家内の母とうちの母が一緒に旅行をすれば、当然、仲よくなるわけでしょう。そうすれば全部、いいわけですよ。全部、自分のところへ福が返ってくるわけだから。

親ばかりじゃない。自分のきょうだいにするように、家内のきょうだいにもしなきゃいけないですよ。だけど、これはなかなかむずかしいんだ。

ぼくのところは、弟が一人で大阪へ行っちゃっているけれども、いまは家内のほうのきょうだいが、きょうだいと言ったって姉さん一人だけど、ぼくのためにいろいろやってくれますよ。

――たとえばぼくなんか、自分のきょうだいと醜い喧嘩をしますでしょう。大人になってからも。ですけどね、そのときに、姉でも弟でもそうなんですけど、こいつがもしなんかで死んじゃったら、やっぱり嘆き悲しむだろうなと思うんですよ、自分でね……。

そう思うだけで結構ですよ。それだけでも、だいぶ、いろいろのほうに違ってきますよ。

人間は、生まれ出た瞬間から、死へ向って歩みはじめる。
死ぬために、生きはじめる。
そして、生きるために食べなくてはならない。
何という矛盾だろう。(中略)
だが、人間はうまくつくられている。

生死の矛盾を意識すると共に、生き甲斐《がい》をも意識する……というよりも、これは本能的に躰で感じることができるようにつくられている。（中略）だから生き甲斐が絶えぬ人ほど、死を忘れることにもなる。
しかし、その生き甲斐も、死にむすびついているのだ。

——日曜日の万年筆「食について」

◉著者の母は、ただ一つだけ、月に一度、鮨《すし》を食べることを生き甲斐に、子どもたちを女手一つで育ててきたという。他に何の楽しみもなく働き続ける女性の活力となっていた鮨一皿の価値は大きい。

私事で恐縮だが、この「生」と「死」を語ってくれた著者の言葉は、編者としてももっとも深い感懐とともに記憶に残っている。とくにこの一節の最後に出てくる話が身につまされたのは、当時、田舎《いなか》で母に先立たれ一人暮らしをしている父親の世話に関して、姉夫婦や弟たちと気まずくなっていた背景があった。著者の最後の言葉で、どれだけ力づけられたかわからない。

「男のみがき砂として役立たないものはない」ということです。

……………………運命

人間の一生というものは、ことに男の場合、幼児体験によってほとんど決まるといってもいい。しかし、そう言い切ってしまったら、身も蓋《ふた》もないわけだ。それに、同じような幼児体験をした人が全部、同じような人生を送るかといえば、必ずしもそんなことはない。そこに、男をみがくことの意味があるんだよ。

生年月日を基準にしていろんなことを占う運勢術というのがあるでしょう。あいうものは、その人間の持って生まれた根本的な運勢を見るもので、つねに百パーセントそのとおりになると断定するわけじゃない。生年月日の同じ人がみんな同じ運命で同じような人生を歩むなんていうことはないわけだからね。

人間の一生は、半分は運命的に決まっているかもしれない。だけど、残りの半分はやっぱりその人自身の問題です。みがくべきときに、男をみがくか、みがかないか……結局はそれが一番肝心ということですよ。

それならば、男は何で自分をみがくか。基本はさっきも言ったとおり、

「人間は死ぬ……」

という、この簡明な事実をできるだけ若いころから意識することにある。もう、そのことに尽きるといってもいい。何かにつけてそのことを、ふっと思うだけで違ってくるんだよ。自分の人生が有限のものであり、残りはどれだけあるか、これればかりは神様でなきゃわからない。そう思えばどんなことに対してもおのずから目の色が変わってくる。

そうなってくると、自分のまわりのすべてのものが、自分をみがくための「みがき砂」だということがわかる。逆に言えば、人間は死ぬんだということを忘れている限り、その人の一生はいたずらに空転することになる。

仕事、金、時間、職場や家庭あるいは男と女のさまざまな人間関係、それから衣食住のすべてについて言えることは、

「男のみがき砂として役立たないものはない……」

ということです。その人に、それらの一つ一つをみがき砂として生かそうとい

う気持ちさえあればね。

「私も、十年以上も、祖父が剣を持つ姿を見ていませんし、はらはらしながら、祖父の手にすがっておったんです。するとね、よろよろしていた祖父の背筋がぴいんと張ったかとおもったら……」

永倉新八の肚《はら》の底から、ほとばしり出るような凄《すさ》まじい気合声《きあいごえ》が起った。

——夜明けのブランデー「永倉新八と映画」

◉永倉新八は、新撰組の隊士である。新撰組の隊士で大正まで生きたという稀有《けう》な人物だ。これは、彼の孫である杉浦道男が、著者に語った思い出話である。映画を観に行ったとき、下足のところで、よたよたする祖父をののしったヤクザ者を相手にした祖父の武勇伝だ。新撰組は、後年その実態が明らかにされ「ラストサムライ」としての評価を受けているが、この当時、世にはばかる存在だったにちがいない。しかし、隊士としての生き方は、永倉の「男」をみがいてくれたのではないだろうか。

朝、気がついてみたら息が止まっていた。これが大往生で、人間の理想はそれなんだ。………理想

前にも話したけど、親というものは年を取っていくんだから、間もなく死ぬかもしれない、あるいは死なないかもしれない。けれども、死ぬかもしれないということを想定におけば、いまのうちに——まだ元気なうちにどこかへ連れていってやったほうがいいということになる。時間というのはすべてそういうことで成り立っていくものなんだよ。

ぼくだって死ぬことは怖い。なぜ怖いかというと、死ぬことは未経験だから。だれも経験したことがないから。だけど、いま死んで心残りがあるかと言われたら、ぼくはないんだよ。たとえ今晩死ぬとしても心残りはない。

ということは、するべきことは全部したしね。ああ、あれをしたかった、これをしたかったというような悔いは全然ない。家内でもいままで全国ほとんど歩いているし、食いもの屋でもうまいところへみんな連れていってるからね。家内に対してもするべきことはしている。

時間というものは刻々と自分のまわりを通り過ぎていって、どんどん自分は死に向かって歩いているわけだ。二十年なんて、わけないんだから。子どもの時代から三十ぐらいまでは長く感じるんだ。ぼくらもそうです。株屋にいた十三から兵隊へ行くまでの約七年間は、いまの二十年にも相当するように感じるんだ。それからはどんどん短くなっていく。

だからこそ若いうちに、やるべきことをやっておかないと駄目なんだよ。人生は一つしかないんだから。そういうことを奥さんもわきまえておいてくれないとね。

「うちの主人の仕事は、特別の仕事なんだ。できるだけ主人に小遣いをあげよう……」

と。これを本に書いておいて、奥さんに読ませればいいんだ（笑）。小遣いのある男とない男では、出世のしかたが全然違うんだよ。仕事のしかたも違うし。だけど、小遣いの使いかたが、パチンコやったり競馬に使っちゃったりという主人じゃしようがないけどね。

――でも、先生、男に比べると、女は死ということをほとんど考えないように思えますが……。

考えないね。うちの家内だって、年上でも、ぼくより後まで生きていると思っている。さすがに母ぐらいになると女でも考えるんだよ。八十過ぎればね。

結局、人間の一生というのは、家内の母みたいに死ぬのが理想なんだね。苦しみが少なくて、眠ったように大往生する。夜、いつものように寝て、朝、気がついてみたら息が止まっていた。これが大往生で、人間の理想はそれなんだ。それがために健康に気をつけるんだ。大往生を遂げるために。

お徳は、目ざめて小用に立ち、用を足し、小廊下を寝間へもどろうとして、突然、転倒したのである。

心ノ臓の発作《ほっさ》が起ったのだ。（中略）

妻が転倒する物音に飛び出して来た長兵衛が、

「これ、しっかりしなさい」

抱き起すと、お徳は長兵衛の胸へしがみつくようにして二《ふた》声、三《み》声、呻《うめ》いたかとおもうと、がっくりと息絶えてしまった。

夕餉《ゆうげ》をすまし、しばらくしてから、お道が幸太郎とお光を連れて、お徳の居間へおもむき、

「おやすみなさい」

と、二人の子に挨拶《あいさつ》をさせたのが、姑《しゅうとめ》の元気な姿を見た最後であった。


――夜明けの星「歳月」

◉煙管《きせる》職人の父を殺されたお道は、小間物問屋に奉公することになった。女将のお徳は、従業員がその笑顔を見たことがないというほど厳しい人で、息子の嫁

を四度も追い出すほどの女丈夫だった。意地になって彼女のしごきに耐えたお道は、やがて息子とわりない仲になって妊娠し、嫁として迎えられることになった。そのころから、厳しかったお徳は、次第に穏やかな人間になり、生まれた孫と遊ぶことを楽しみにするようになった。江戸時代の商家は女将の役割が大きい。著者は、店を安心して次世代に渡すために、厳しくせざるを得なかったお徳に、このような、著者の考える理想的な死を与えたのである。

編者あとがき

本書の校正や写真の選定に追われていたある日、『波』という小さな雑誌（新潮社発行）で、次のような文章に出合いました。そろそろ本が出来上がるというこの時期、まさに天上の池波先生のお引き合わせとしか思えません。

「はじめに」でも紹介されていた、先生の「若い友人」である佐藤隆介氏が、あれから二十数年、もちろんもう「若い」とはいえないでしょうが、往時を回想して書かれたエッセイの一節です。本書の掉尾《とうび》を飾るにはまたとない一文なので、氏の許可を得てここに引用させていただきます。

——小生は名もなき一介の物書きでありますが、若い頃に十年間、池波正太郎の書生のようなことを務めました。そこで叩《たた》き込まれたことといえば（残念ながら小説家になる法ではなく）、ひたすら「男の作法」これのみでした。

たとえば、蕎麦《そば》屋でどうふるまうか。

天ぷら屋ではいかにすべきか。

旅館ではどうやって心づけを渡すか。

鮨屋《すしや》へ行ったらどうするか。

もっぱら、そういうことを教わりました。男の作法の基本はむろん父に仕込まれましたが、早逝した父に代わって私を教育してくれたのは池波正太郎だったように思います。

亡師がことにやかましく（耳にタコができるほど）いっていたのは「時間の約束」でした。待ち合わせに遅れるくらい無礼なことはない、と。正午に会う約束をすると、十一時半には必ずそこへ着いて（多分、地団駄《じだんだ》踏みながら……）待っている池波正太郎でした。

おかげで書生の私は、約束の四十分前（つまりは師匠より最低十分早く！）にそこに行くという習慣が身についてしまいました。あるとき亡師がいいました。

「約束の時間をきっちり守る律儀さでオレが兜《かぶと》を脱ぐのは山口瞳さんだけだな。××賞の審査会でどこそこに何時集合ということになるだろ。集合時間の三十分前にオレがそこへ行くと、いつも山口さんも早めに来ていて、その辺りを散歩しているんだよ」

声には出しませんが、私は思わず笑ってしまいました。そうなんだよな、このご両人は……と思ったからです。礼儀作法とは何か。その根本は「他人に迷惑をかけない」この一事にある。みっともないとは他人に迷惑をかけること。「みっともないことだけはしちゃいけない」。そういう礼儀作法の根本において、ご両所はまったく違いがありませんでした。（後略）——

賢明なる読者は、すぐに「ああ、あれか」と本文の一節を思い出されるでしょう。「約束」（一七五ページ）で池波先生は同じことを強調されています。

自分の人生が一つであると同時に、他人の人生も一つである。だから他人に時間の上で迷惑をかけるのは、非常に恥ずべきことなのだと——。

佐藤氏の文章でも、先生の言葉として「人に迷惑をかけるのはみっともないこと。みっともないことだけはしちゃいけない」と書かれていますが、まさに「男の作法」の真髄は、この「みっともないこと」「恥ずべきこと」をいかに自戒するかだと痛感します。

私たちは、もう残念ながら佐藤氏のように直接、身近に先生の薫陶《くんとう》を受けることはできませんが、幸いこの本によってその精髄は余すところなく伝えられていると思います。

文中にくり返し出てくる「それが男をみがくということなんだよ」を折に触れ思い出し、またときには文中引用させていただいた池波作品の数々に照らしながら、実人生の中で男として自らを律し、また男であることを楽しんでいただけたなら、この作品を世に問うた編者として、これに過ぎる喜びはありません。

改めて池波先生の墓前に本書を捧《ささ》げ、その霊に感謝するとともに、このプランの実現にお力を貸していただいた多くの方がた、この本を手にとってくださった読者のみなさんのすべてに心からお礼を申しあげます。

最終校を終えて——編　者

【参考文献】

『鬼平犯科帳（一）〜（二十四）』『夜明けの星』『乳房』『夜明けのブランデー』（以上、文春文庫）

『剣客商売①〜⑯』『ないしょないしょ［剣客商売 番外編］』『真田騒動』『おせん』『日曜日の万年筆』『男の作法』（以上、新潮文庫）

『仕掛人・藤枝梅安（一）（二）』（講談社文庫）

『愛蔵新版　男の作法』（ごま書房）

本書は、一九九七年、ごま書房より刊行された『愛蔵新版 男の作法』をもとに、各テーマに沿った場面やセリフを池波作品から抜粋し、新たに編者の解説をつけて再編集したものです。文中の人物名や表現などは、すべて刊行当時のままにしてあります。

単行本　二〇〇四年五月　サンマーク出版刊
肩書き・データは単行本刊行時のものです。

サンマーク文庫

新編 男の作法 作品対照版

2011年10月20日 初版発行
2019年2月10日 第6刷発行

著者 池波正太郎
編者 柳下要司郎
発行人 植木宣隆
発行所 株式会社サンマーク出版
東京都新宿区高田馬場2-16-11
電話 03-5272-3166

フォーマットデザイン 重原 隆
本文組版 山中 央
印刷・製本 株式会社暁印刷

ISBN978-4-7631-6005-8 C0130

ホームページ http://www.sunmark.co.jp